KB193939

이상문학상 작품집

1982년도 이상문학상 작품집
제6회 대상 수상작 최인호 〈깊고 푸른 밤〉 외 4편

ⓒ 문학사상사, 1982

1982년도 제6회 이상문학상 작품집

깊고 푸른 밤 외

문학사상사

차 례

대상 수상작

　　최인호 | 깊고 푸른 밤 .. 9

대상 작가 자선 대표작

　　최인호 | 이상한 사람들 .. 67

우수상 수상작

　　전상국 | 술래 눈뜨다 .. 105

　　이동하 | 파 편 .. 135

　　이문열 | 익명의 섬 .. 159

　　이병주 | 빈영출賓永出 .. 177

■ '이상문학상'의 취지와 선정 방법 .. 199

깊고 푸른 밤

최인호

1945년 서울 출생.
연세대 문과대학 영문과 졸업.
1967년 〈견습 환자〉로 《조선일보》 신춘문예 당선.
1972년 〈타인의 방〉, 〈처세술개론〉으로 《현대문학》 신인문학상 수상.
1998년 가톨릭문학상 수상.
저서로 《별들의 고향》《고래사냥》《상도》《해신》 등이 있음.

깊고 푸른 밤

1

그는 약속대로 오전 여덟 시에 눈을 떴다. 눈을 뜨고 뻣뻣한 팔을 굽혀 손목시계를 보았다. 정각 아침 여덟 시였다. 누가 깨워준 것도 아닐 텐데 그처럼 곤한 잠 속에서도 시간의 흐름을 예민하게 감지하고 있는 동물적인 본능이 그를 정확한 시간에 자명종 소리를 내어 깨워준 셈이었다.

낯선 방이었다.

그는 자기가 지금 어디서 잠들어 있는가를 아직 잠이 완전히 달아나지 않은 혼미한 의식 속에서 헤아려보았다. 그는 눈이 몹시 나쁜 사람이 안경도 없이 사물을 바라보는 것 같은 느낌을 받았다. 보이는 것은 모두 흐릿했고, 머리는 죽음과 같은 잠에도 불구하고 먼지가 갈피마다 낀 듯 복잡하고 어지러웠다.

집안은 조용하고 닫힌 커튼 사이로 눈부신 아침 햇살이 비비고 쏟아져 들어오고 있었다. 한 삼십 분 더 잠을 잘 수 있는 시간적 여유는 있었다.

준호와 그는 간밤에 여덟 시쯤 일어나 세수를 하고 늦어도 정각 아홉 시에는 출발하기로 약속을 해두었던 것이다.

샌프란시스코에서 로스앤젤레스까지 줄곧 5번 도로로 달린다면 여섯 시간이면 닿을 수 있을 것이다. 101번 도로로 내려간다고 해도 일곱 시간에서 여덟 시간이면 충분할 것이다. 그러나 그들은 해안선을 따라 꼬불꼬불한 1번 도로로 내려가기로 합의를 봐두었으므로 1번 도로를 따라 로스앤젤레스까지 가는 길은 시간을 짐작할 수 없는 거리였었다. 쉬지 않고 달린다고 해도 열 시간은 넘게 걸릴 것이다. 아니다. 열 시간이라는 것도 막연한 추측일 따름이다.

1번 도로의 대부분은 바닷가의 가파른 해안선을 따라 형성된 이차선의 관광 도로에다 한여름의 우기雨期에는 길가 벼랑에서 굴러 떨어지는 낙석과 흙더미로 길이 종종 폐쇄되기도 한다. 그러므로 어쩌면 시간이 훨씬 더 걸릴지도 모른다. 최소한 아홉 시쯤에는 출발을 해야만 오늘 밤 안으로 로스앤젤레스에 도착할 수 있을 것이다.

그들은 일주일 전 로스앤젤레스를 떠났다. 그들은 15번 도로를 따라 베이커에서 127번 도로로 갈라져 데드 밸리(죽음의 계곡)를 거쳐 129번 도로를 따라 내려오다가 오랜차에서 395번 도로를 만났으며, 그 길을 따라서 내려오다가 프리맨에서 178번 도로를 따라 베이커스필드에 도착했었다.

베이커스필드는 찰스 디킨스의 소설에 나오는 남주인공 이름 같은 도시였었다. 베이커스필드에서 그들은 99번 도로를 타고 북상했었다.

그들은 프레스노에서 99번 도로를 버리고 41번 도로로 접어들었다.

41번 도로는 요세미티의 국립공원으로 들어가는 간선 도로였다. 요세미티를 거쳐 그들은 120번 도로로 빠져나와 맨테카에서 일차로 90번 도로를 다시 만났다가 5번 도로를 만났으며, 205번 도로를 거쳐 마침내 그들은 580번 도로로 해서 샌프란시스코에 들어선 길이었었다.

그들은 지도 한 장만을 들고 로스앤젤레스를 떠났었다. 그들은 수없이 갈라지고 방사선으로 펼쳐진 거미의 줄과 같은 도로들을 따라 숨 가쁘게 캘리포니아의 구석구석을 헤매며 온 것이었다.

그들은 사막과 눈[雪]의 계곡을 거쳐 바다를 향해 한꺼번에 달려왔다. 이제는 바다를 볼 계획이었다. 바다를 보기 위해서는 아무래도 해안선을 끼고 달리는 1번 도로가 최고의 지름길이라는 사실은 지도만을 보아도 알 수 있었다.

이제 일주일 동안 내내 쉬지 않고 강행군을 벌여온 그들로서는 어지간히 지치고 피로했으므로 빨리 로스앤젤레스로 돌아가고 싶은 욕망뿐이었다. 그리고 돈도 거의 바닥나 있었다. 가는 도중에 휘발유를 한 번쯤 가득 채워야만 불안하지 않을 것이며, 식사는 간이매점에서 싸구려 햄버거로 때운다 해도 모텔비는 아슬아슬하게 남을까 말까 하는 금액이 주머니에 들어 있을 뿐이었다. 그래서 내처 이날 안으로 로스앤젤레스로 돌아가야만 했다. 그러기 위해서는 최소한 아홉 시에는 출발을 강행해야 했다.

그는 무거운 몸을 일으켰다.

잠시 그가 지나온 여정을 머릿속으로 더듬는 동안 잠기운은 서서히 가시고 있었으며, 그래서 그는 비로소 안경을 찾아 쓴 것 같은 명료한 의식을 되찾았다.

어젯밤 두 시까지 술을 마셨으므로 그는 겨우 여섯 시간 정도 눈을 붙인 셈이었다. 그러나 그는 비교적 일찍 잠이 든 셈이었고, 남은 사람들은 그가 잠이 든 뒤에도 더 많은 술을 마시고 더 많은 이야기를 나누고 더 많은 술에 취했을 것이 분명했으므로, 아마도 날이 밝을 무렵에야 지쳐서 쓰러진 채 잠이 들었을 것이었다.

그는 깊은 잠 속에서도 간간이 귀를 찢는 듯한 음악 소리와 매캐한 담배 연기 냄새, 두런거리는 사람들의 목소리들을 듣고 있었다. 그는 간밤에 엉망으로 취해 잠이 들었었다. 몸을 저미는 피로에 한꺼번에 너무나 많은 위스키를 마신 모양이었다. 몹시 취해서 누군가와 심한 말다툼을 했던 것도 어렴풋이 떠올랐다.

그를 떠밀어 부축해서 잠을 재우고 난 뒤에도 모처럼의 파티는 새벽까지 계속되었을 것이 분명했다. 그는 머리가 쏟아져 내릴 듯한 통증을 느꼈다. 그는 더듬거리며 일어섰다.

방문을 열고 나서자 채광이 좋은 거실로 은가루 같은 오전의 햇살이 한가득 흘러넘치고 있는 것이 보였다.

거실은 난장판이었다. 탁자 위에는 마시다 남은 위스키 병과, 술잔, 엎질러진 술, 피우다 함부로 비벼 끈 담배꽁초, 레코드판, 누군가 밟았는지 부서진 레코드판의 잔해들, 기타, 먹다 남은 빵 부스러기들, 씹다 버린 치즈 조각, 그리고 탁자 위에는 마리화나를 가득 담은 담배함이 놓여 있었고, 그것을 피우기 위한 파이프와 기구들이 내팽개쳐 놓여 있었다. 온 거실에 술 냄새와 담배 냄새 그리고 밤새워 피웠던 마리화나의 독한 풀 냄새가 뒤범벅이 되어 구역질 나는 냄새로 가득 차 있었다.

대여섯 명의 사람들이 거실 바닥에 뒤엉켜서 잠들어 있었다. 유리창을 통해 들어온 햇살의 무차별한 공격에도 그들은 곯아떨어져 있었다. 그들은 서로서로의 다리와 팔을 베고 잠들어 있었다. 안색이 몹시 나쁜 그들의 얼굴은 마치 물속에 가라앉아 익사해 죽은 시체를 끌어올린 형상을 하고 잠들어 있었다. 머리칼이 긴 여자는 커다란 곰 인형을 부둥

켜안고 있었다. 그는 준호가 어디 있는가 둘러보았다.

준호는 소파 위에서 담요를 뒤집어쓰고 잠들어 있었다. 머리맡에 빵 부스러기가 부서져 있는 것으로 보아 아마도 무엇인가 먹다가 잠이 들어버린 것이 분명했으며, 그것으로 그는 준호가 간밤에 몹시 마리화나를 피웠다는 사실을 알 수 있었다. 그는 마리화나를 피우면 자꾸 무엇이든 먹으려 했으므로. 그는 준호가 마리화나를 피운 후 한 파운드의 빵과 햄, 샌드위치를 세 개 꾸역꾸역 먹는 것을 본 적이 있었다.

그는 준호의 머리를 흔들었다. 그는 쉽사리 눈을 뜨지 않았다. 그는 조금 심하게 준호를 흔들었다. 준호는 간신히 눈을 떴다.

"일어나."

그는 낮은 소리로 말했다.

"아홉 시가 되었어."

"제발."

그는 돌아누우며 말했다.

"조금만 더 잡시다, 형. 어제 다섯 시에야 잠이 들었었어."

"일어나, 이 쌕끼야."

그는 준호의 머리칼을 움켜쥐었다. 그의 머리칼엔 여자용 헤어핀이 꽂혀 있었다. 아마도 어떤 여자가 그의 머리칼을 정성 들여 빗겨준 후 자신의 헤어핀을 꽂아준 모양이었다. 헤어핀은 나비 모양으로 제법 아름다웠다.

"아아. 제발. 제발."

준호는 두 손으로 빌면서 중얼거렸다.

"한 시간만. 한 시간 후에 떠나도 늦진 않아."

"일어나야 해. 당장 떠나야 해."

"우라질 부지런을 떨고 있네. 여긴 한국이 아니야. 여긴 미국이야,

형. 좋아, 씨팔. 내 안경 어디 갔지. 내 안경 좀 찾아봐, 형."

그는 준호의 안경을 찾기 위해서 난장판이 된 거실을 훑어보았다. 준호는 눈이 몹시 나빠 안경을 쓰지 않으면 한 치의 앞을 구별하지 못한다. 준호의 안경은 그의 눈이었다. 그는 운전을 전혀 하지 못했고 오직 준호만이 운전을 할 줄 알았으므로 어제까지의 여행도 준호 혼자서 계속 해왔던 것이다. 안경이 없다면 그는 운전을 할 수 없게 된다.

그는 불타 버린 잿더미 속에서 살림 도구를 챙기는 사람처럼 엉겨 붙어 잠들어 버린 사람들을 헤치고 다녔다. 누군가 그의 발에 밟혔다. 잠결에 둔한 비명 소리를 지르며 한 사내가 그를 올려다보았다.

"미안합니다."

그는 웃으며 말했다. 전혀 낯선 얼굴이었다. 그들은 어젯밤 아홉 시쯤 이곳에 도착했었다. 샌프란시스코에 도착한 것은 오전이었지만 둘이서 시내를 돌아다니다 저녁 무렵에야 이곳으로 찾아 떠나온 것이었다. 준호가 알고 있는 유일한 사람의 집이었다. 하지만 주소만 알고 있을 뿐 전화번호도 알고 있지 않았다. 주머니에 돈이 없었으므로 노상에서 잠을 잘 수는 없는 노릇이었다. 그들이 무어라 하든, 싫어하든 좋아하든 준호가 알고 있는 주소에 적힌 집을 찾아 하룻밤 신세를 지지 않으면 안 될 만한 상황에 놓여 있었다. 대충 눈치로 보아, 그들이 찾아가는 사람도 준호와 절친한 사람으로 보이지 않았고 그저 오다 가다가 주소만 적어준 겨우 안면만 있는 사람처럼 보여졌었다. 그러나 어떤 사이라도 상관없었다. 하룻밤만 신세 지면 그것으로 충분했다. 쫓아내지만 않는다면 차고 속에서라도 하룻밤 자고 떠나면 그만이었다.

주소 하나만을 갖고 집을 찾는 것은 구름 잡는 식이었다. 산 호세에 있는 사내의 집을 찾은 것은 아홉 시가 지날 무렵이었다. 집을 찾는 데만 세 시간이 넘게 걸린 셈이었다. 마침 집안에서 토요일을 맞아 파티가 벌어지고 있었는지 대여섯 명의 사람들이 모여 있다. 그들을 맞아주었다. 준호가 한때 노래를 부르는 제법 유명한 가수라는 사실을 그들은 모두 알고 있어 보였다. 그래서 그들은 기대했던 것보다는 훨씬 환대를 받을 수 있었다. 파티를 위해 아이들을 친척 집에 미리 맡겨두었다는 집주인은 그들에게 웃으며 말했었다.

"잘됐습니다. 우리도 모처럼 파티를 벌일 참이었는데 실컷 노세요."

그들은 이미 전주가 있었는지 다들 눈이 풀어져 있었다. 그들은 악수를 나누었고, 서로 통성명을 하고 웃음을 나누었다. 그러나 그는 그들의 이름을 하나도 기억하지 못하고 있었다. 밤 두 시까지 그들은 떠들고 웃고 그리고 춤을 추었었다. 취한 여인 중의 하나가 풀장에 들어가 옷을 입은 채로 수영을 했다. 그는 취한 김에 그 여인을 따라 팬티만 입고 물속에 뛰어들었던 기억이 어렴풋이 떠올랐다. 그것은 이상한 일이었다.

아홉 시부터 밤 두 시까지 무려 다섯 시간을 그들과 끊임없이 이야기를 나누고, 무엇을 마시고 먹고 춤을 추고, 나중에는 몹시 다투기도 했지만 잠들어 있는 그들의 얼굴은 전혀 낯이 설었다. 그들이 누구인지, 이름이 무엇인지, 왜 그가 그들과 싸웠는지, 옷을 입은 채 풀장에 뛰어든 여인은 누구인지, 준호의 안경을 찾으며 거실을 샅샅이 돌아다니는 그의 마음은 전혀 두터운 암벽과도 같이 단절되어 있었다.

그는 간밤에 그토록 지루한 여행 끝에 마침내 이 집 앞에 다다랐을 때, 초인종을 누르자 불빛 아래에서 나타나는 얼굴들을 보며 이상한 충격을 받았던 기억을 떠올렸다. 그들은 모두 가면을 쓴 사람처럼 보였었다. 몸은 지치고 피로해서 쓰러질 것만 같았다. 그들은 이제 마악 임종을 한 뒤 영혼이 육신을 빠져나가 거칠고 황량한 어두운 벌판을 이리저리 배회하다 우연히 만난, 아직 이승에서 방황하는 죽은 자들의 혼령들처럼 보였었다.

　이제 다시는 잠든 그들과 이야기를 나눌 수는 없는 것이며 또다시 그들을 만나지는 못할 것이다.

　그는 여행을 떠나고 나서부터 아름다운 풍경이나 거대한 사막, 선인장, 눈 덮인 요세미티 공원의 절경을 볼 때면 언제나 그런 감상적인 비애를 느끼곤 했었다.

　다시는 만나지 못할 것이다.

　시속 70마일의 빠른 속도로 스쳐 지나가는 차창에 잠시 머물다 스러지는 저 풍경은 또다시 만나지 못할 것이다. 한 번의 만남이 영원한 과거로 소멸되고 말 것이다. 저 끝간 데를 모르는 벌판 초록의 융단 위에, 구름에 가리워진 빛의 그늘이 대지 위에 이따금 그림자놀이를 하고 있었다. 어린 날 우린 흐린 저녁 불 아래에서 두 손으로 벽에 그림자를 만들어 보이곤 했었지. 여우와 토끼와 개의 그림자를 손가락을 구부려 벽에 만들어보곤 했었지.

　짓궂은 구름은 이따금씩 하늘의 햇빛을 가리워 지상에 그림자를 드리우곤 했었다. 어떤 때는 여우비를 뿌리고 어떤 때는 엉킨 대지의 머리칼을 빗질하듯 슬며시 쓰다듬고는 사라지곤 했었다. 그러한 것. 잠시 보이는 구름의 장난으로 여우비를 내리고 심심풀이 장난으로 서늘한 그림자를 드리우는 찰나적인 어둠도 그것으로 그만이었다. 다시는 만날 수 없을 것이다.

　저 구름도 햇빛도, 먼 벌판에 민대머리로 빛나는 구름도, 가끔 거웃처럼 웃자라 있는 몇 그루의 나무도 다시는 만나지 못할 것이다.

　그가 지나온 5번 도로도, 101번 도로도, 죽음의 계곡도, 사막도, 베이커스필드도 다시는 만나지 못할 것이다. 잠들어 있는 사람들의 얼굴들. 이름을 기억할 수 없는 사람들. 그들의 목소리, 그들의 웃음소리는 영원히 기억되지 않을 것이며, 그들은 이제 이 한 번만의 해후로 영원히 잊혀질 것이다.

　그는 준호의 안경을 스피커 옆에서 찾아냈다. 다행히도 안경은 밟혀서 테가 몹시 구부러져 있었지만 안경알은 건재했다. 그는 안경을 들고 소파로 다가갔다. 안경을 찾느라고 시간을 지체하는 동안 준호는 다시 깊은 잠에 빠져 있었다. 그는 준호의 머리를 거칠게 흔들었다. 신음 소리를 내며 준호는 눈을 떴다. 그는 안경을 준호의 얼굴 위에 씌워주었다.

　"일어나. 벌써 아홉시 반이야."

　"아아."

　준호는 하품을 하며 몸을 일으켜 세웠다.

　"유난히 부지런을 떠는군. 젠장. 형은 그래두 일찍 잠이 들었었잖아. 난 다섯 시가 넘어서 눈을 붙였단 말이야."

　"떠나자. 떠나면 잠이 안 올거야. 여기서 시간을 지체할 순 없어."

　"씨팔."

　그는 웃었다.

　"외박을 하고 집으로 돌아가려는 사람 같애. 여긴 미국이야, 형. 로스앤젤레스로 돌아가 봤댔자 반겨줄 사람도 없어. 로스앤젤레스가 서울인 줄 아슈. 젠장할. 아이구, 머리가 아파. 머리가 아파죽겠어. 커피나 한잔 마셨으면 좋을 텐데."

　순간 준호의 코에서 붉은 핏물이 맥없이 굴러 떨어졌다. 그것은 코피였다.

　"얼씨구, 코피까지 나는군."

　준호는 휴지를 찢어 동그랗게 만든 후 코를 틀어막고서 일어섰다.

　"내 양말이 어디 있을 텐데."

그는 더듬거리며 소파 밑을 뒤졌다. 그는 한 짝의 양말을 소파 밑에서 찾아내었고 다른 한 짝의 양말을 곤히 잠든 여인의 머리 쪽에서 찾아내었다. 준호는 낑낑거리며 양말을 신다 말고 물끄러미 잠든 여인의 얼굴을 들여다보았다.

"형. 이 애의 이름이 뭐였지."

"몰라. 간밤에 난 엉망으로 취했었어."

"맞아."

준호는 낑낑거리며 웃었다.

"형은 미친 사람 같았어. 이 친구들이 깨어나면 형을 떼 지어 죽일지도 몰라. 형은 간밤에 너무 심했어. 풀장에도 뛰어들어 갔었다구. 저 레코드판을 깬 사람이 누군 줄 알우. 형이야."

그는 유쾌하게 웃었다.

"형은 어젯밤 저 유리창도 부셨다구. 풀장 옆에 있는 돌멩이를 집어던져 유리창을 깨었어. 내버려 두면 온 집안을 부쉈을 거야. 웃겼어. 형은 미친 사람 같았어. 나중엔 온 집안에 불을 지른다구 설쳐댔었다구."

그는 부끄러웠다.

"그러니까 서두르자. 이 친구들이 깨기 전에."

"이 친구들은 얼굴에 오줌을 싸두 깨어나진 않을 거야. 밤새 춤을 추구 마리화나를 빨구 술까지 처먹었으니까. 지독한 친구들이야."

어느 정도 코피가 멎었는지 준호는 틀어막았던 휴지 조각을 빼서 재떨이에 버렸다.

"갑시다. 젠장."

그는 한데 뭉쳐 잠든 사람들을 밟으며 거실을 가로질렀다. 준호는 냉장고를 열어 주스 통과 우유, 그리고 빵 조각을 비닐봉지 속에 가득 넣었다.

"커피를 마시면 정신이 날 텐데. 아, 아. 커피 좀 먹었으면."

준호는 거실 한 가장자리에 코를 처박고 잠든 사내를 흔들어 깨웠다.

"이봐, 친구. 이봐, 친구."

사내는 짜증난 얼굴로 무어라고 중얼거리며 눈을 떴다.

"우린 떠나겠어, 친구. 고마웠어. 친구. 가만있자. 이 친구의 이름이 뭐였더라. 형. 이 집 주인 이름이 뭐였지."

"생각나지 않아."

"가만있어 봐. 어디 주소를 적어둔 종이가 있을 텐데."

준호는 주머니를 뒤졌다. 그러나 메모지는 어디론가 달아나 버린 모양이었다.

"어이, 친구."

할 수 없다는 듯 간신히 눈을 떴다 다시 눈을 감은 사내의 얼굴을 가볍게 두드리며 준호는 소리 질렀다.

"우린 가겠어. 고마웠어, 친구. 로스앤젤레스에 오면 연락하게."

"잘 가."

꿈에 잠긴 목소리로 그는 중얼거렸다.

"하룻밤 신세 졌어요. 우리 갑니다."

그는 부드러운 목소리로 인사말을 했다.

"안녕히 가세요. 안녕……."

"갑시다, 형."

먹을 것이 든 비닐봉지를 들고 준호는 어느 정도 원기를 회복했는지 기분 좋게 소리 질렀다. 그들은 문을 열고 밖으로 나섰다. 무지막지한 햇빛의 광채가 수천 개의 플래시를 일제히 터트리듯 그들의 얼굴을 공격했다. 밤길을 달려왔으므로 집 앞의 돌연한 햇빛과 진초록의 나무와 장미와 숲들은 일제히 아우성을 치며 덤벼들었다. 새 떼들이 잔디밭 위에 앉아서 귀가 따갑도록 지저귀고 있었다. 집 앞 정원에 세워둔 준호의 검은 차가 없었다면 그들은 돌연히 다가온 이 정원 풍경을 어떻게 받아들여야 할지 어리둥절한 기분이었을 것이다. 준호의 차는 해안에 정박한 낡은 폐선처럼 보였다. 수천 마일을 쉬지 않고 달려왔으므로 비와 눈과 먼지와 흙탕물에 뒤범벅이 되어 더럽고 불결해 보였다. 차창은 먼지로 반투명의 잿빛 유리처럼 더러웠으나 브러시가 만든 부채꼴의 반원만큼은 깨끗했다. 그 낡은 중고차로 일주일 동안 수천 마일을 쉴 새 없이 달려왔다는 사실이 믿어지지 않을 정도였다. 멕시코 녀석에게 이천 불을 주고 샀다는 볼품없는 구형의 차는, 그러나 의외로 견고하고 조그만 고통쯤에는 신음 소리 하나 내지 않는 충직한 노예와도 같았다. 그 먼길을 달려오는 동안 딱 한 번 죽음의 계곡 그 가파른 언덕길에서 왈칵 오바이트한 것을 빼놓고는 내내 건강하고 명랑했다.

그들은 차의 문을 열고 좌석에 앉았다. 차 안은 난장판이었다. 여기저기 눌러 끈 담배와 먹다 흘린 빵 조각들. 낡은 옷.《펜트하우스》에서 잘라낸 여인들의 벌거벗은 사진들. 요세미티 공원에서 산 자동차 체인. 일주일 동안에 벌써 낡아 너덜거리는 캘리포니아의 도로망을 상세히 알려주고 있는 지도책. 그러나 막상 앉자 이상한 행복감과 안도감이 충만하기 시작했다.

남은 것은 이 집을 떠나는 일뿐이었다.

"잠깐."

운전대를 잡았던 준호가 깜빡 잊었다는 듯 운전대에서 손을 떼며 그를 보았다.

"큰일 날 뻔했었군. 잠깐만 기다려요, 형."

그는 차의 문을 열고 정원을 되돌아 집 안으로 사라졌다. 그는 시트 바닥에 굴러 떨어져 있는 담뱃갑에서 담배를 한 개비 꺼내 피워 물었다. 입 안이 깔깔해서 담배 맛이 나질 않았다. 그는 시트 바닥에서 간밤에 그들이 유일하게 구원의 메시지처럼 들고 물어물어 찾아왔던 주소가 적힌 메모지를 발견했다. 그는 메모지를 꺼내 보았다.

"정준혁."

그곳엔 그들이 하룻밤 묵었던 집의 주인 이름이 적혀 있었다. 알 것 같기도 모를 것 같기도 한 이름이었다. 다시는 만날 수 없는 사람의 이름이었다. 이곳을 떠난다면 이 지상에 이러한 집이 있었다는 것은 영원히 망각 속에 묻혀버리게 될 것이다. 이곳을 떠난다면 분명히 하룻밤 머물렀던 저 집 안에서의 기억은 흔적도 남아 있지 않게 될 것이다. 요세미티의 방갈로에서 하룻밤 자고 일어났을 때, 아침에 문을 열고 나서자 문득 막아섰던 엄청난 전나무의 꼿꼿한 나뭇등걸처럼. 아아, 눈 덮인 나무숲 너머로 햇살을 받고 빛나던 산봉우리들. 얼어붙은 폭포가 산봉우리에 손바닥에 그어진 손금처럼 흘러내리고 있었다. 푸르다 못해 창백하게 질린 벽공의 겨울 하늘을 등 뒤로 하고 눈 덮인 산봉우리들은 상아象牙의 탑처럼 백골로 우뚝 서 있었다. 그곳을 떠나와 이곳에 있듯이, 이곳을 떠난다면 그 기억들은 뒤범벅된 머리의 갈피 속에 끼어들어 더러는 금방 잊히고, 더러는 생선의 가시처럼 틀어박혀 어쩌다 기억이 나곤 하겠지. 그들이 이 집을 떠난다 해도 이 집은 이 집대로 존재할 것이다. 그들이 눈 덮인 계곡을 떠나왔다 해도 그 전나무는 늘 그 자리에 존재하듯이. 그들이 180번 도로를 떠나왔다 해도 늘 그 자리에 그 도로는 놓여 있을 것이다. 프레스노는 언제나 그 자리에 존재할 것이며 샌프란시스코는 그곳에 있을 것이다. 마치 우리가 두터운 책을 읽어 내릴 때 눈으로 훑어 내리면, 내용은 머릿속에 전이되어 기억되나 페이지는 가차 없이 흩어져나가 버리듯. 책을 거꾸로 읽는 사람은 없듯이 우리는 일단 스쳐 지나온 길을 고스란히 거꾸로 되돌아갈 수는 없는 것이다.

준호가 집에서 나왔다.

그는 파이프와 마리화나를 가득 담은 담배 쌈지를 들고 있었다. 그럼 그렇지, 그가 그것을 그냥 놓고 나올 리는 없었다.

"하마터면 큰일 날 뻔했어, 형."

준호는 만족하게 웃으며 운전대에 앉았다.

"이건 아주 좋은 거야. 아주 비싼 거야. 이 정도면 육십 달러가 넘을 거야."

그는 그것을 소중하게 차 앞 캐비닛을 열고 그 속에 집어넣었다.

"이걸 전번처럼 버리면 그땐 형이고 뭐고 골통을 부셔버리겠어. 알겠수."

"알겠다."

준호는 주머니에서 자동차 키를 꺼내 들고 구멍 속에 집어넣고 비틀어보았다. 차는 부드럽게 작동했다.

"멋있어. 형. 이 자식은 정말 멋진 놈이야."

준호는 기분이 좋은 듯 운전대를 쾅쾅 때렸다. 제 풀에 클랙슨이 두어 번 크게 울렸다. 잔디밭에 떼 지어 앉았던 새들이 놀라서 일제히 박수를 치며 일어섰다.

"갑시다. 자, 출발이야. 잘 있거라. 이 우라질 놈의 집. 잘 있거라. 덜 떨어진 암놈, 숫놈들아."

차는 일단 후진을 한 후 방향을 잡았다. 그리고 달려 나가기 시작했다. 그는 고개를 젖혀서 그가 하루 묵었던 집을 돌아보았다. 회백색의 양옥집은 푸른 초록의 숲 속에서 잠시 반짝이며 빛났다가 스러졌다. 뭔가 강렬한 인상을 머릿속에 접목接木시켜 두지 않으면 안 된다고 그는 생각했다. 그것은 여행을 떠나고 나서 줄곧 머릿속을 지배해 온 일관된 흐름이었다. 마치 책을 읽다 인상적인 구절이 나오면 귀찮더라도 붉은 색연필로 언더라인을 그어서 표시해 놓듯이. 그래야만 책을 다 읽은 후 책장을 펄럭펄럭이며 대충 훑어보아도 인상적인 장면을 떠올릴 수 있을 것이다. 이 여행이 끝난 후 집으로 돌아가 먼 후일에라도 머릿속에 각인刻印시켜 둔 풍경과 많은 기억을 떠올리려면 뭐든 집중력을 가지고 봐두어야 할 것이다. 방향을 잃은 사람이 밤하늘에 빛나는 별과 나뭇등걸의 나이테를 보고 방향을 잡듯이.

그러나 그가 하루 머물렀던 집은 기억 속에 새겨놓기 전에 벌써 맹렬한 속도로 달려 나가는 차의 전진으로 아득히 멀어져갔다. 이제는 잊어버릴 의무만이 남아 있는 셈이었다. 그래서 그는 잊기로 했다.

2

날씨는 기가 막히게 좋았다. 미국에서도 가장 좋은 캘리포니아의 날씨였다. 비록 겨울이긴 했지만 햇볕은 귤과 오렌지와 그 풍성한 캘리포니아의 채소를 익히는 부드러운 입김을 갖고 있었다. 햇볕은 작은 미립자로 형성된 분말 가루 같았다. 습기가 깃들어 있지 않은 햇볕이었으므로 쥐면 바삭 부서져버릴 것처럼 햇볕은 건조해 있었다. 햇볕은 그늘 속에서도 빛나고 있었으며, 야자수의 열매 위에서도 빛나고 있었다. 그늘은 햇볕이 눈부신 만큼 짙었지만 금박의 햇볕 가루가 생선 비늘처럼 모여 있었다.

산 호세를 지나 1번 도로로 접어들기 위해서는 우선 101번 도로를 거치지 않으면 안 되었다. '살리나스'라는 도시에서 갈라져야만 해안으로 나갈 수 있었다.

운전은 준호의 차지였고, 지도를 읽고 판독하는 것은 그의 몫이었다. 지난 일주일 내내 그들은 그렇게 여행을 해왔었다. 길이 갈라지는 두어 마일 전방이면 도로 표지판이 우뚝 서서 방향을 가리키고 있었다. 어쩌다 잠깐 한눈을 팔면 갈라지는 교차점을 놓치게 되는데 그렇게 되면 방향 감각을 잃어버리게 된다. 무시무시한 속도로 달려가는 고속도로에서 일단 잃어버린 방향을 되찾아 가는 것은 최초의 단추를 잘못 채운 외투를 벗고 다시 입을 때처럼 짜증스러운 일이었다.

고속도로에서는 모든 것이 맹렬한 속도로 굴러가고 있었다. 차가 굴러가고 있는 것이 아니라 도로 자체가 무서운 속도로 움직이고 있는 착각에 빠져들게 된다. 그들은 운전대를 잡고 가만히 앉아 있는 느낌을 받는다. 도로는 미친 듯이 질주하고 도로 양옆에 키 큰 농구 선수들처럼 서 있는 야자수 나무들은 휙휙 스쳐 지나간다. 모든 차들은 일정한 골을 향해 볼을 쥐고 달려가는 운동선수처럼 대시하고 있으며, 야자수 나무들은 그 공을 방해하는 농구 선수들처럼 막아서고 있는 것같이 보인다. 거대한 에스컬레이터 속에 갇혀 있는 환상을 불러일으킨다. 그런 맹렬한 속도감에서 잠시 한눈을 팔면 간선 도로를 알리는 도로 표지판을 잃어버리게 되는데, 일단 방향을 잃어버리면 자동 기계 속에서 스스로 조립되고, 절단되고, 포장되는 상품처럼 조잡한 불합격품이 되고 마는 것이다.

도로는 거대한 이동 벨트이며 그 위를 굴러가는 차들은 빠르게 조립되는 상품들처럼 보인다. 운전을 하는 준호나 쉴 새 없이 방향을 잡고 주위를 환기시키는 그나 무시무시한 메커니즘에 이기는 길은 살인과도 같은 전쟁에서 쓰러지지 않는 길이었다. 지도는 그의 유일한 나침반이었다.

"어떻게 된 거야. 나올 때가 되었어. 형."

산 호세를 출발해 101번 도로를 따라 미친 듯이 달려오던 준호는 삼십 분쯤 지나자 숨 가쁜 소리를 질렀다.

"잘 봐. 씨팔. 한눈팔지 말어. 살리나스야."

"알구 있어. 줄곧 지켜보구 있다니까."

그는 충혈된 눈으로 소리 질러 말을 받았다.

모건 힐. 길로이. 프런데일에서 156번 간선 도로가 갈려 나간다. 차는 방금 프런데일을 지났다. 프런데일을 지나면 산타리타다. 산타리타를 지나야만 살리나스다. 산타리타를 지나야만 1번 도로를 빠져나가는 간선 도로 표지판이 고속도로에 서 있을 것이다.

"살리나스, 살리나스."

그는 잊어버리지 않기 위해서 중얼거린다. 살리나스는 무엇을 뜻하는가. 그것은 샌프란시스코와 로스앤젤레스로 가는 도로 위에 위치한 작은 도시에 지나지 않는다. 미국의 도시는 어느 도시건 같다. 크고 작은 차이만 있을 뿐 같은 빌딩과 같은 고속도로와 같은 슈퍼마켓, 동일한 이름의 햄버거집, 거대한 체인 스토어, 같은 얼굴, 같은 말, 같은 문화를 갖고 있다. 도시는 으레 검둥이들의 세계이며, 도시의 다운타운은 무질서한 낙서와 더러운 휴지 조각들로 가득 차 있다.

그러나 그는 늘 배반당하면서도 다가올 '살리나스'란 도시는 뭔가 다를 것 같은 희망을 갖고 있다.

"살리나스, 살리나스."

그는 간이역을 알리는 역원의 목소리처럼 장난스레 중얼거렸다.

"다음 역은 살리나스입니다. 살리나스에 내리실 분은 미리 미리 준비해 주십시오."

살리나스salinas. 에스. 에이. 엘. 아이. 엔. 에이. 에스. 살리나스.

그곳엔 무엇이 있는가. 공룡이 있을까. 아직 발견되지 않은 유인원의 두개골이 햄버거 집 계단에 묻혀 있을지도 모른다. 금광을 캐기 위해 서부로 달려 들어오던 백인을 죽이던 독 묻은 화살촉이 마당에 묻혀 있을지도 모른다. 살리나스, 살리나스 어디서 많이 듣던 이름이다. 존 스타인백의 소설 《에덴의 동쪽》의 무대가 살리나스였었지. 아마, 그 자식은 살리나스를 에덴동산으로 비유했었어.

그는 수천 마일을 여행해 오면서 때가 되면 미국 어느 도시에서나 볼 수 있는 동일한 간이음식점에 들어가서 식사를 하곤 했었다. 똑같은 구조와 똑같은 가격, 똑같은 양, 똑같은 메뉴의 간이음식점 의자에 앉아 핫도그를 먹고, 아이스크림을 먹을 때면 음식점 한구석에 비치해 둔 전자오락 기계 앞에서 그 도시 젊은이들이 열중해서 우주에서 쳐들어온 외계인을 죽이는 모습을 보곤 했었다.

그는 식사하는 동안만 그 도시에 머물러 있을 것이다. 그러나 그들은 이곳에서 태어났으며, 그곳에서 자라고 때가 되면 사타구니에 털이 돋아날 것이며, 연애를 할 것이며, 그리고 결혼을 하고 늙어갈 것이다. 태어난 곳에서 죽을 것이다. 때로는 태어난 고향을 떠나겠지. 운이 나쁜 녀석은 이미 한국전쟁에서, 월남 정글 속에서 죽었을지도 모른다. 그들의 전 인생이 그에게는 삼십 분에 불과했다. 그가 빵을 먹고 아이스크림을 먹는 동안 그들은 전 인생을 그곳에서 살고 있는 것이다. 그가 이제 식사를 끝내고, 그 낯선 음식점과 낯선 도시를 떠난다면 그들은 죽음을 맞이하게 될 것이다.

살리나스.

그곳엔 무엇이 있을까. 그 똑같은 음식점 구석에 서서 애꿎은 외계인을 죽이는 젊은이들이 태어나서, 자라고, 사랑하고, 애를 낳고, 죽어가는 우스꽝스러운 곡예를 변함없이 펼치고 있겠지.

"뭐하구 있어. 살리나스야. 뭘 하는 거야."

그는 옆좌석에서 벼락같이 소리 지르는 준호의 외침 소리에 정신이 번쩍 들었다.

"형은 좀 이상해. 넋이 나간 사람 같아. 미친 거야. 씨팔. 어떻게 된 거야. 깜빡 졸았어."

차선을 바꾸기 위해서 회전등을 켜고 쉴 새 없이 차의 뒤쪽을 바라보며 준호는 신경질적으로 소리쳤다.

1번 도로를 알리는 마지막 표지판이 고가 다리 위에 붙여져 있었다. 도로 표지판은 으레 서너 개의 간선 진입로 전부터 씌어 있기 마련이었다. 도로 표지판은 앞으로 있을 세 개의 간선 도로망을 안내해 주고 있는데, 차례가 되면 맨 밑부분에 씌어진 도로 이름이 윗부분으로 올라가게 된다. 그것은 그 도로가 임박했다는 사실을 가르쳐주는 신호이기도 했다.

차는 아슬아슬하게 1번 도로로 빠져들었다. 겨우 안심했다는 듯 준호가 그를 보며 말했다.

"배가 고프슈, 그럼 빵을 먹어. 어떻게 된 거야. 길 안내조차 제대로 할 줄 모르니."

그는 대답하지 않았다. 배도 고프지 않았다.

차는 '살리나스' 도시 옆을 스쳐 지나가고 있었다. 그곳엔 유인원의 두개골도 인디언의 화살촉도 남아 있지 않았다. 고속도로 양옆으로 똑같은 야자수와 집들과 거리가 스쳐 지나가고 있을 뿐이었다.

이젠 곧장 1번 도로를 따라 내려가면 되었으므로 어느 정도 심리적 안정감을 느꼈는지 준호가 라디오의 음악을 틀었다. 그는 음악을 몹시 크게 듣는 버릇을 갖고 있었다. 차 속에서 음악을 듣기 위해서 실내 앰프까지 설치해 둔 그는 있는 대로 볼륨을 높이는 나쁜 버릇을 갖고 있었다. 그것은 음악을 감상한다기보다는 음악의 비[雨] 속에 갇혀 있는 기분이었다. 차 안은 굳게 닫혀 있으므로 작은 밀실과도 같다. 달리는 작은 밀실 속에서 스테레오의 음향이 귀를 찢을 듯이 들려온다는 것은 차라리 고통이었다. 그러나 그는 될 수 있는 대로 내색을 하지 않기로 마음을 굳게 먹었다.

준호는 그의 고등학교 이 년 후배였다. 그의 동생과 같은 나이 또래이고 또한 절친한 친구였으므로 보통 이상의 친밀감을 갖고 있었다. 그가 로스앤젤레스에서 준호 그를 만난 것은 전혀 우연이었다.

그는 여행을 떠나온 길이었고, 준호 역시 여행을 떠나온 길이었지만 목적하는 바는 달랐다. 준호는 여행을 떠나온 김에 아예 미국에서 눌러 살려고 작정을 하고 있었다. 준호는 한때 제법 이름이 알려진 가수였고, 그의 노래 가사말을 그가 몇 개 써준 적도 있었다. 그러나 그는 인기 절정에서 소위 대마초를 피운 죄로 지난 사 년간 무대를 빼앗긴 불운한 과거를 가지고 있었다. 노래를 부르지 못하는 동안 그는 이것저것 사업에 손을 대어 제법 돈도 모았지만, 결국 끝내는 빈털터리가 되고 말았다.

그는 CM도 작곡하고 양복점도 하고 나중에는 제주도에서 밀감 농장을 경영하기도 했었지만, 그의 방랑벽이 그를 빈털터리로 만들어버렸다. 결국 대마초 가수들을 구제한다는 발표가 난 후에도 그는 노래를 부르지 않았다. 그는 자신이 노래를 부르기엔 너무 늦었으며, 좋지 않은 목소리를 갖고 있다는 것을 잘 알고 있었다. 그는 두 아이와 아내가 있는 가장이었는데, 우연히 미국을 여행할 수 있는 기회를 갖게 되었으며, 이 기회를 이용해서 일단 해외로 빠져나왔지만 이미 돌아갈 시간은 초과되어 있었다. 그는 내친김에 미국에 눌러앉겠다고 말했었다.

그가 준호에게 왜 돌아가지 않느냐고 묻자 그는 대답했었다.

"무서운 나라야. 난 악몽에서 깨어난 것 같아. 씨팔, 난 미국에서 살 거야."

그는 지난 사 년간 어쩔 수 없이 낭인浪人 생활을 할 수밖에 없었던 쓰라린 과거가 준호를 그렇게 만들었다고 애써 생각하려 했었다. 그는 알고 있었다. 준호를 위시해서 많은 젊은 가수들이 마약 중독자로 몰려 두들겨 맞았으며, 정신병원에 수용되기도 했었으며, 끝내는 사회의 도덕적 패륜아로 지탄받고 격리되어 있었던 쓰라린 과거를. 그들을 만약 범법자로 다루었다면 길어야 일 년 집행유예 정도로 끝냈을 것이다. 그러나 그들은 사회적 여론으로 두들겨 맞았으며, 그리고 언제까지라고 정해지지 않은 이상한 압력으로 재갈을 물리고 격리되었던 것이다. 그것이 그에게 우연히 해외로 나온 여행을 밀입국자의 신세로 전락시키게 한 동기가 되었을 것이다.

그는 빈털터리였다. 여행을 할 때 갖고 나온 돈은 바닥이 났으며, 더구나 그 돈에서 나머지 부분을 모두 중고차 한 대 사는 데 써버린 것이었다. 차가 없으면 로스앤젤레스에서는 꼼짝도 할 수 없다는 사실을 불과 이 개월 동안 머물면서 뼈저리게 느낀 모양이었다. 그는 뉴욕과 시카고를 거쳐 로스앤젤레스로 숨어 들어온 길이었다. 준호는 방 하나를 빌려주는 다운타운의 싸구려 하숙방에서 지내고 있었다. 한 달에 백 불만 내면 방을 빌려주는 유령과 같은 집이었다. 빅토리아풍의 거대한 저택은 한때는 꽤 화려한 고급 저택이었지만, 할렘가에 위치하고 있었으므로 더럽고 퇴락한 멋대가리 없이 크기만 한 집이었다.

준호는 그 방에서 아무런 대책 없이 지내고 있었다. 여행 기간은 이미 만료되었으며 일차로 연장한 여권 기간도 며칠 있으면 끝날 판이었다. 처음엔 그를 반겨주던 친구들도 하루 이틀이 지날수록 그를 경원하게 되었으며, 그가 돌아가지 아니하고 어떻게 해서든 이곳에서 뿌리를 내리고 살려는 계획을 안 순간부터 그를 만류하고 그를 비웃고, 마침내는 상대할 수 없는 인물로 백안시하고 있었다. 준호는 자기가 여권 기간을 더 이상 연장할 수 없다는 사실을 잘 알고 있었다. 한국 영사관 측이 납득할 만한 다른 이유를 발견할 수 없었기 때문이었다.

그는 이미 한국을 떠난 지 반년이 넘어가고 있었으며, 그는 상대적으로 미국 생활에는 익숙해져 가고 있었지만, 어디까지나 여행자도 아니고 그렇다고 정식으로 이민해 온 사람도 아닌 어정쩡한 이방인이 되어가고 있었다. 그는 단돈 이십 달러면 놓을 수 있는 전화를 가설하고 밤이나 낮이나 받는 사람이 부담으로 하는 국제전화만 걸어대었다. 며칠 동안 준호의 싸구려 하숙방 침대에서 함께 자본 일이 있는 그로서는 밤이건 낮이건 때도 없이 국제전화를 거는 준호의 고함 소리를 꿈결 속에서 듣곤 했었다.

"나야 나, 뭘 하니. 여긴 미국이야. 여긴 로스앤젤레스야. 거긴 어떠냐. 눈이 오니, 눈이 많이 온다구. 거리가 막혔겠구나. 여기가 눈이 올 리가 없지. 여긴 언제나 여름이니까 말야. 뭐 재미있는 일 없니, 너 목소리가 왜 그래, 감기 걸렸구나. 여편네하구 잘 땐 이불 덮구 자라구. 이 새끼야, 하루에 몇 탕 뛰니. 몸조심해. 우라질 새끼야, 가끔 내 마누라 좀 만나니. 가끔 불러내서 밥이라두 사줘라. 그렇다고 데리고 자란 소리는 아냐."

준호의 수첩에는 그가 알고 있는 모든 친구, 모든 사람, 방송국, 회사, 한때 알고 지내던 여자 친구들의 전화번호가 깨알같이 적혀 있었다. 그는 하룻밤에도 몇 차례씩 받는 사람 부담으로 하는 국제전화를 걸곤 했었다. 그는 그런 전화가 되풀이될수록 상대편이 싫어하리라는 것을 모르는 어리석은 녀석이었다. 처음에 한두 번은 의례적으로 전화를 받아주지만 그 통화료가 엄청나다는 것을 안 뒤부터는 그의 전화를 기피하게 될 것이라는 사실을 모르는 듯 무턱대고 전화를 걸곤 했었다.

그는 잘 알고 있었다. 준호가 마침내는 아무에게도 전화를 걸 수 없게 될 것이며 그 누구와도 통화를 할 수 없게 될 것이라는 사실을. 준호는 나머지 돈 중에서 상당 부분을 마리화나를 사는 데 써버리고 있었다.

지난 사 년간 바로 그 마麻의 풀잎으로 쓰라린 경험을 맛보았는데도 불구하고, 준호는 피와 같은 돈을 아낌없이 마리화나를 사는 데 써버렸으며 그는 밤이건 낮이건 그 독毒에 취해 있었다. 그는 한 개의 빵보다도 마리화나를 피웠으며 마리화나는 그의 모든 것이었다. 마리화나는 그의 빵이었으며, 술이었으며, 물이었으며, 그의 피였다. 그는 아침에 눈을 뜨자마자 그것을 피웠으며 차를 타고 가면서도 그것을 피웠다.

그가 그것을 다시 피운다는 사실은 로스앤젤레스 한국 사람들에게 파다하게 소문이 번져 있었다. 그래서 사람들은 그를 구제할 수 없는 녀석, 도덕심이라고는 찾아볼 수 없는 놈, 염치없는 새끼로 취급하고 있었다. 마리화나를 사기 위해서 친구들에게 돈을 구걸하는 놈이라고 준호를 인간쓰레기 취급을 하고 있었다. 그런 의미에서 로스앤젤레스에서 생활한 지 석 달 만에 그는 철저한 거렁뱅이가 되어가고 있었다. 아무도 그를 찾아가지 않았다. 그는 서서히 죽기를 작정하고 날마다 마시고 먹는 술과 밥 속에 일정한 미량의 독을 넣어두는 자살자와도 같았다.

그가 우연히 준호를 만났을 때 준호는 그에게 말했었다.

"잘됐어, 형. 나하고 함께 이곳에서 눌러 삽시다."

그에게는 아무런 대책도 없었다. 뭘 어쩌자는 것인지, 이렇게 살다 보면 남아 있는 그의 가족들은 어떻게 할 것인지, 구체적인 대안이나 계획도 없이 그는 마리화나에 젖어 풀린 눈으로 킬킬 웃으며 이렇게 말했다.

"씨팔, 아이들은 고아원 보내고 아내는 돈 많은 홀아비한테 시집이나 가라지 뭐. 언젠가는 만나게 되겠지요. 씨팔."

준호와 여행을 떠난 후부터 그는 될 수 있는 대로 신경을 가라앉히려고 마음 굳히고 있었다. 아무리 절친한 사이라도 여행을 하다 보면 서로의 단점만 극명하게 드러나 보이기 마련이었다. 그래서 하찮은 일에도 언성을 높이고, 으르렁거리고, 증오하고, 폭력을 휘두르게 되는 법이다.

이미 요세미티 공원 입구에서 그들은 대판 싸웠다. 요세미티가 고산지대이고 겨울철이기 때문에 눈이 덮여 있으리라는 것쯤은 상식적인 일이었다. 그런데도 두 사람은 자동차 체인을 준비하지 않았었다. 진입로 입구에 선 교통안전 순시원이 체인을 감지 않은 그들을 통과시켜 주지 않는 것은 당연한 일이었다. 별수 없이 체인을 사기 위해서 오십 불이라는 거액을 예기치 않게 쓸 수밖에 없었다. 준호도 그도 자동차의 바퀴에 체인을 달아본 적은 없었다.

체인을 파는 주유소의 늙은 주인이 수수료를 주면 체인을 달아준다고 했는데 그 값은 삼십 불이었다. 삼십 불을 주고 체인을 다는 것은 미친 짓이었다. 그들은 눈이 쌓인 주유소 뒤뜰에서 체인을 감기 위해서 악전고투를 했었다. 눈발이 시야를 가릴 정도로 몰아치고 있었다.

그는 차바퀴에 체인의 끝부분을 가지런히 얽어매어 들고 있었고 차는 한 바퀴 구를 정도만 전진시키도록 약속했었다. 그러나 그것은 뜻대로 되지 않았다. 하마터면 거친 차의 반동으로 체인을 든 그의 손이 차바퀴 속으로 말려 들어갈 뻔했다.

"주의해. 하마터면 손이 으스러질 뻔했어."

그는 구르는 차의 바퀴에서 손을 급히 빼려다가 차체의 날카로운 금속 부분에 긁혀서 피가 나오는 손을 들여다보며 으르렁거렸었다. 손은 얼어붙은 눈에 얼음처럼 굳어 있었다.

"그걸 놓으면 어떻게 해."

운전대에 앉은 준호도 지지 않고 맞받아 소리 질렀다.

"체인이 겨우 감아지는 판인데 그걸 놓치면 어떡하냐구, 씨팔."

"손이 부러질 뻔했어, 이 쌕기야. 손이 바퀴에 들어가 으스러질 뻔했다구."

그는 피가 흐르는 손을 준호에게 내어 밀었다. 순간 준호는 그의 손을 뿌리치며 소리 질렀다.

"겁 좀 내지 마. 무서워 좀 하지 마. 손이 부러지진 않으니까."

그는 그때 아직 남아 있는 자동차의 체인을 보았다. 그는 거친 동작으로 자동차의 체인을 집어 들었다. 그는 감당할 수 없는 살의를 느꼈다.

"차에서 내려, 이 쌔끼야."

준호가 무어라고 중얼거리며 달래듯 웃었다.

"체인이 필요한 건 자동차 바퀴지 내 얼굴이 아니야."

그는 준호의 머리칼을 움켜쥐고 자동차의 시트에 함부로 쥐어박았다. 준호는 의외로 얌전하게 그의 폭력을 감수하고 있었다. 갑자기 준호의 양순한 비폭력이 그를 부끄럽게 만들었다. 필요 이상으로 신경질을 부린 자신에 대해서 그는 침이라도 뱉고 싶은 모멸감을 느꼈다. 그러나 새삼스레 준호에게 사과를 하고 싶은 마음은 들지 않았었다. 어쨌든 두 사람은 하나의 공동 운명체라는 사실이 가라앉은 분노 뒤끝에 참담하게 스며들고 있었다.

준호의 골통을 자동차 체인으로 부숴버린다면 어떻게 할 것인가. 어떻게 해서 저 눈 덮인 산을 넘을 수 있을 것인가. 애초부터 끓어오르는 분노와 적의는 준호의 탓이 아니었다. 그것은 그의 마음에 가득히 있는 일관된 흐름에 있었다.

지난가을 김포 비행장을 떠났을 때부터 그의 마음속에는 절박한 분노와 자포자기적 울분이 용암처럼 끓어오르고 있었다. 그는 그런 의미에서 여행을 떠난 것은 아니었다. 그는 도망쳐 온 셈이었다. 그는 디즈니랜드에서도, 유니버설 스튜디오에서도, 할리우드에서도, 한국인 식당에서도, 할리우드의 싸구려 창녀 아파트에서도, 그녀의 금발 음모 위에 입을 맞추면서도, 내내 가슴속에서 분노의 붉은 혀가 쉴 새 없이 날름거리는 것을 느끼고 있었다.

자동차의 체인이 그를 화나게 한 것은 아니었다. 준호의 버릇없는 말대꾸가 그를 분노케 한 것은 아니었다. 그는 모든 것, 보고 듣고 말하고 느끼는 그 모든 것에 분노하고 있었다. 그는 김포 공항을 떠나면서 줄곧 분노하고 있었다. 그를 전송하기 위해 따라 나온 아내의 눈과 두 아이의 고사리같은 손에도 분노하고 있었으며, 짐을 체크하는 세관원의 손끝에도 분노하고 있었다. 그 즈음 결혼한 뒤 처음으로 부부 싸움 끝에 아내를 때렸다. 아내는 그에게 울면서 말했다. 당신은 변했어요. 당신은 이상해졌어요. 한 회분씩 쓰는 신문 소설에도 분노하고 있었으며, 그가 쓰는 모든 소설에도 분노하고 있었다. 활자화된 문장을 보면서도 분노하고 있었으며, 그는 신문을 보면서도 분노하고 있었다. 분노를 참을 만한 절제는 나사가 풀려 그의 용솟음치는 분노의 힘을 감당치 못하고 있었다. 그는 그의 작품이 영화화된 극장 앞에 쭈그리고 앉아서 늘 상한 짐승처럼 이를 악물고 있었다.

그는 자신의 분노에 겁을 집어먹기 시작했다. 그는 자신이 피로해진 탓이라고 생각했다. 신경 쇠약이 재발된 모양이라고 그는 스스로 심리 분석을 해보기도 했었다. 지난 십여 년 동안 한시도 제대로 쉬지 못하고 혹사한 탓으로 신경이 팽팽한 바이올린의 현처럼 끊어져버린 모양이라고 자위해 보기도 했었다. 그러나 참을 수 없는 분노는 더 이상 긴장과 자제로서도 눌러 진정시킬 수가 없었다. 분노는 그의 입을 뛰쳐나오고, 그의 손끝을 불수의不隨意 근육처럼 움직였다. 술좌석에서 그는 술만 마시면 마주 앉은 사람들과 싸웠고 어떤 때는 병을 깨고 술상을 뒤집어엎어 버리기도 했었다. 그가 여행을 떠나온 것은 그런 모든 분노의 일상생활에서 도망쳐 온 것이었다.

　밤늦게 로스앤젤레스의 공항에 내려서 긴 복도를 걸어가며 그는 자신이 도망쳐 왔다기보다는 망명亡命해 온 것이 아닌가 하는 느낌을 받았다. 그렇다. 그건 여행도 아니었고, 까닭 없이 치미는 분노의 일상에서부터 탈출해 온 것도 아니었고, 망명의 길을 떠나온 것이었다. 그는 정치가가 아니었으므로 정치적인 망명을 해온 것은 아니었다. 그는 음악가가 아니었으므로 예술의 자유를 획득하기 위해서 망명해 온 것은 아니었다. 그는 그렇게 비유하는 것이 감히 허용된다면 그저 하나의 평범한 지식인에 불과할 따름이었다. 그는 언젠가 소련에서부터 음악의 자유를 얻기 위해 서방으로 망명했던 유명한 피아니스트 아시케나지와 인터뷰를 한 적이 있었다. 그에게 왜 조국 소련을 버렸느냐고 묻자 그는 이렇게 말했었다. 난 피아노 앞에 내가 원할 때 언제라도 앉을 수 있는 자유를 얻기 위해서 망명을 했습니다. 마찬가지로 내가 원하지 않을 때 언제라도 휴식을 취할 수 있는 자유를 얻기 위해서도 망명을 했습니다.

　그러면 나는 무엇인가. 무엇을 위해서 망명을 한 것일까. 보다 큰 자유를 위해서 망명을 떠나온 것일까. 분노로부터의 망명인가, 숨 막히는 일상으로부터의 망명인가.

　"어젯밤 일이 생각나우."

　여전히 귀를 찢을 듯한 요란한 음악의 홍수 속에 갇혀 반은 음악 감상과 반은 운전에 몰입한 꿈꾸는 듯한 미소를 띠며 준호가 그를 돌아보았다.

　길은 팔차선의 고속도로로부터 사차선의 간선도로로 한결 좁아져 있었다. 바다는 아직 어느 곳에서도 보이지 않았다. 차는 유명한 피서지인 몬트리올 해안을 향해 치닫고 있었다.

"형은 어젯밤 미친 사람 같았어."

"그 음악 좀 낮춰라."

그는 될 수 있는 대로 감정을 나타내지 않는 낮은 목소리로 말을 뱉었다. 준호는 볼륨을 죽였다.

"지금쯤 그 새끼들은 모두 잠에서 깨어났을 거야. 어쩌면 형을 찾아나선지도 몰라. 왜냐하면 형은 어젯밤 완전히 미쳤었으니까."

"난 기억나지 않아. 아무것도 기억할 수 없어."

"형은 어젯밤 위스키를 반병이나 나팔 불었어. 첨엔 잘 나갔지. 인사도 하고, 악수도 하고, 춤을 추었어. 그때까진 좋았어. 그런데 갑자기 발광하기 시작했었어. 그 쌕끼들이 형과 말다툼을 하기 시작했어. 그들이 형에게 말했어. 우리는 미국 시민이다. 한국은 더 이상 우리들의 조국이 아니다. 그러자 형은 갑자기 날뛰기 시작했어. 어떻게 된 거야. 형은 애국잔가.

정말 웃겼어. 난 형이 그토록 애국자인지 몰랐어. 형은 소리를 버럭버럭 질렀어. 함부로 말하지 마, 이 쌕끼들아. 너희들은 그런 말을 할 자격이 없는 놈들이야, 하구 말이야. 정말이지 큰 실수였어. 형은 뭐야. 민족주의잔가. 형은 레코드판을 부수고 유리창을 깼어. 우리가 말리지 않았다면 모든 유리창을 다 깼을 거야. 생각나?"

"생각나지 않아."

그는 침통한 목소리로 대답했다. 그것은 거짓말이었다. 자욱한 아침 안개 속에 드문드문 드러난 나무의 등걸처럼 어렴풋이 간밤의 기억이 연결되지 않고 고립된 섬처럼 떠오르고 있었다.

"난 그렇게 화를 내는 모습은 본 적이 없었어. 형은 깡패 같았어. 미친 사람 같았어."

드디어 폭발했다.

그는 팔짱을 끼고 묵묵히 생각했다. 기어코 잠재되어 있던 분노가 방아쇠를 당긴 총알처럼 튀쳐나갔다. 극심한 피로 끝에 마신 술기운이 그의 억눌린 분노의 용수철을 잡아당긴 모양이었다.

"그들은 형과 골치 아픈 정치 얘기를 하자는 것은 아니었어. 그들은 그저 즐기기 위해서 정치 얘기를 꺼낸 것뿐이었어. 그건 즐거운 일이니까 말야. 그들은 모이기만 하면 궁정동 파티 때 여배우 누구누구가 앉아 있었다는 화제를 꺼내고 그걸 즐기기 위해서 되풀이하는 것뿐이야. 고의적인 것은 아니었어. 그런데 형이 지나치게 오버액션한 거야. 그들은, 그들은 고마운 놈들이야. 그들은 우리를 재워줬어. 술도 주고 빵도 주었어. 그리고 우린 그 집에서 주스와 빵과 우유와 마리화나를 훔쳐 나왔어. 나두 그놈들이 뭘 하는 놈들인지 몰라. LA 한국 음식점에서 만난 것뿐이야. 샌프란시스코에 오면 한번 들려달라고 주소를 적어주더군. 그뿐이야. 그런데 형이 그들의 파티를 망쳤어. 아, 바다야. 저것 봐, 바다야. 태평양이야."

준호는 갑자기 탄성을 올리며 클랙슨을 울렸다. 그는 차창 밖을 목을 빼어 바라보았다. 몬트리올 관광 지대로 넘어가는 언덕 위로 바다가 보였다.

해안선을 따라 수많은 요트와 배들이 부두에 매어져 있는 것이 보였다. 바람을 타고 바다 냄새가 비릿하게 풍겨왔다. 인근 도시에서 차를 타고 온 주민들이 바닷가 부두에 차를 세우고 해바라기를 하고 있는 것이 보였다. 아직 본격적인 바다는 시작되지 않고 있었다. 갈매기들이 종이 연처럼 바람에 쓸려 날리며, 부둣가에 세워진 요트의 돛과 보트의 마스트 위로 솟구치고 있었다. 제방 둑에서 나이 든 할아버지 하나가 갈매기들에게 먹이를 주고 있었다. 수많은 갈매기들이 노인의 주위로 새카맣게 모여들고 있었다.

갈매기들은 인간에게 익숙해 있는 것처럼 보였다. 노인의 머리 위에도, 손바닥 위에도 갈매기들은 서슴지 않고 앉아서 그가 나눠주는 먹이를 날카로운 부리로 쪼아대고 있었다. 도시로 흘러 들어온 바닷물은 파도도 없이 잔잔해서 거대한 호수처럼 보였다. 정오의 햇살이 프라이팬 위에서 끓는 기름처럼 부서지고 있었다.

"몬트리올이야. 세계에서 돈 많은 놈들이 모여 산다는 유명한 별장 지대야."

길 양옆으로 울창한 수풀이 전개되었다. 숲 속에는 고급주택이 고성古城처럼 솟아 있었다. 바다에서 불어오는 바람을 막기 위한 방풍림이 병풍처럼 둘러서 있는 숲 사이로 파란 잔디가 보였다. 잔디밭에는 수많은 사람들이 떼 지어 몰려 있었다. 그것은 골프장처럼 보였고, 마침 대회라도 벌이고 있는 것일까. 많은 사람들이 한 사람의 뒤를 쫓아 느릿느릿 걷고 있었다.

"영화 속에 나오는 바닷가의 풍경은 모두 이곳에서 찍는다구. 저 집들 좀 봐. 도대체 저 집엔 어떤 놈들이 살고 있을까. 어떤 새끼들이 저런 엄청난 집에서 살고 있을까. 몬트리올 일대를 좀 보겠어? 여긴 유명한 관광 지대라구."

준호는 흥분한 사람처럼 쉴 새 없이 떠들고 있었다. 그러나 그는 아무런 흥미도 느끼질 않고 있었다.

로스앤젤레스에서 단지 고급주택이 밀집해 있다는 이유 하나 때문에 비버리 힐을 샅샅이 누비며 소위 집 구경 한 적도 있었다. 비버리 힐은 과연 소문대로 엄청나게 좋은 저택들이 열대 지방의 울창한 숲 속에 펼쳐져 있었다. 그것은 집이라기보다는 하나의 성城들이었다.

"난 저런 집에서 살 거야, 형. 백인 관리인을 두고 〈바람과 함께 사라지다〉의 영화에 나오는 뚱뚱한 흑인 같은 하인을 두고 저런 집에서 살 거야. 형, 놀라지 말어. 저 집들 중에는 우리나라 사람도 살고 있어. 난 소문을 들었어. 우리나라에서 몇백만 불 재산을 해외로 도피시켜 가지고 나온 전직 고관들이 저 안에서 숨어 살고 있다고 그러는 거야. 그 사람들은 개인 경호원까지 두고 있다는 거야. 웃기는 놈들이야. 우리들 세금으로 재산 만들어 해외로 도망쳐 나온 놈들이야. 형. 내 재산을 팔아 모두 해외로 가져온다면 얼마나 될까. 아파트가 하나 있어. 그걸 팔면 십만 불은 되겠지. 제주도에 있는 감귤 농장을 팔면 글쎄 오만쯤 받을 수 있을까. 십만 불은 받을까. 가지고 있는 가구, 텔레비전, 냉장고, 전축, 모든 것을 팔면 오만 불은 챙길 수 있을까. 그럼 이십오만 불은 되는 셈이로군. 이만하면 어때. 형, 나도 부자야. 미국에서 캐시로 이십오만 불을 가진 놈이 누가 있을라구."

그는 준호가 허세를 부리고 있다는 것을 잘 알고 있었다. 그는 준호가 겨우 작은 아파트 한 채만을 갖고 있다는 사실을 알고 있었다. 제주도의 감귤 농장은 이미 경영 실패로 남에게 넘어간 지 오래라고 자기 입으로 이야기하지 않았던가. 준호는 모래성을 쌓는 어린아이처럼 멋대로 상상하고 멋대로 꿈을 부풀리는 유치한 게임을 즐기고 있는 것뿐이었다.

그는 비버리 힐의 엄청난 저택에서도, 디즈니랜드의 정교한 인형에서도, 유령의 집에서도, 죽음의 계곡의 그 황량한 벌판 속에서도, 라스베가스의 불야성 같은 밤의 야경 속에서도, 요세미티의 눈 덮인 설경 속에서도 아무런 충격도, 감동도 받지 않았었다.

그는 철저한 불감증 환자였었다. 그것은 '크다'는 느낌 이외에 아무것도 아니었다. 그는 호기심 때문에 여행을 떠나온 것은 아니었다.

비버리 힐을 보기 위해서, 할리우드에서 〈목구멍 깊숙이〉라는 섹스 영화를 보기 위해서, 디즈니랜드의 병정 인형을 보기 위해서 여행을 떠나온 것은 아니었다.

그는 아무것도 보지 않기 위해서 여행을 떠나온 것뿐이었다. 그는 장님과 다름없었다.

미국으로의 여행은 그가 스스로 선택한 유배지流配地로의 여행이었다. 미국의 풍요한 문명과 엄청난 자연 풍경은 그에게 아무런 무서움도 열등의식도 불러일으키지 못하였다. 그는 아주 작은 하나의 섬에서부터 배를 타고 대륙의 뭍으로 귀양 온 죄인에 불과했다.

대륙에서 본다면 그가 태어나고, 자라고, 사랑하고, 교미를 하고, 결혼을 하고, 아이를 낳고, 늙어 죽어갈 그의 섬은 조그만 촌락에 지나지 않았다.

나뭇가지 위에 열린 나무 열매 하나 때문에 이웃과 싸우고, 동리를 가로지르는 냇물 하나 때문에 전쟁을 일으킨 가엾고도 어리석은 원주민들의 섬이었다. 그가 자신은 지성인이라고 말할 수 있었던 것은 기껏해야 닭은 다리가 두 개이며, 개는 다리가 네 개라는 사실을 구별할 줄 아는 이유 때문이었다. 그는 하나에서부터 열까지 셀 수 있는 사람이었으므로 지성인이었으며, 그는 태양이 동쪽에서 떠서 서쪽으로 진다는 것쯤은 물론 알고 있었다. 그는 그가 아는 모든 것을 원주민들에게 가르쳐주는 것만이 지성인의 역할이라고 믿고 있었다.

그래서 그는 아직 다섯까지의 숫자밖에 모르는 원주민들에게 여섯과 일곱과 여덟을 알려주었으며, 그가 알고 있는 모든 지식은 어느 날 명령에 의해서 불법으로 인정되었다.

미국의 풍요가 내게 무엇이란 말인가. 미국의 자유가 내게 무엇이란 말인가. 미국의 병정 인형과 아름다운 정원이, 웅장한 저택과 핫도그와 아이스크림이, 사막과 설원이 내게 무엇이란 말인가. 그의 가슴속에는 터질 듯한 분노 이상의 아무런 감정도 존재하지 않고 있었다.

준호의 말대로 그 역시 가지고 있는 집과 그가 소유하고 있는 가구와 지금껏 고생해서 번 그 모든 것을 팔아버린다면, 그는 겨우 이 거대한 미국의 거리 한 모퉁이에 자그마한 빵 가게 정도는 낼 수 있을 것이다.

"형."

갑자기 준호가 소리를 질렀다.

"바다야, 형. 바다야."

바다가 활짝 젖혀진 커튼 뒤에 나타나는 무대 위의 풍경처럼 돌연 그들의 앞을 가로막았다. 그것은 예기치 않았던 풍경의 전개였다.

바다는 푸르다 못해 검었으며 거친 파도가 벼랑을 할퀴고 있었다.

시야는 막힌 데 없이 투명했다. 이미 도로는 이차선으로 좁아졌으며 길 아래로 칼로 베인 것 같은 벼랑이 끊임없이 이어지고 있었다.

태양은 이글이글 불타고 있었으며 바다의 수평선은 좀 더 하늘로 밀착되려는 욕망으로 팽팽히 긴장되고 있었다. 벼랑 아래는 분노에 뒤틀린 바위 덩어리들과 붉은 황토흙이 입을 벌리고 아우성치고 있었고 거센 파도가 산기슭을 질타하고 있었다.

우와와 — 우와와 — 거센 바닷바람이 열린 차창 틈으로 쏟아져 들어오고 있었으며 하늘로는 바람에 쏠려가는 갈매기들이 목쉰 소리로 울며 날고 있었다. 그들이 가야 할 도로는 바다로 흘러내린 벼랑과, 깎아지른 듯 붉은 단애斷崖의 산기슭 사이로 도망치고 있었다. 바닷가로 흘러내린 벼랑에는 쓸모없는 풀더미들이 웅크리고 웃자라고 있었다.

준호는 바다가 잘 보이는 지점에 차를 세웠다. 그는 차의 캐비닛을 열어 파이프와 마리화나를 꺼내었다. 그는 부스러기 하나도 흘리지 않으려고 주의하며 마리화나를 손끝으로 딱딱하게 짓이겨서 파이프 속에 집어넣었다. 파이프 속엔 얇은 섬유망이 그물처럼 떠받치고 있었다.

그는 준호의 버릇을 잘 알고 있었다. 무엇이건, 아름다운 풍경을 보면 준호는 버릇처럼 파이프를 꺼내 들곤 했었다.

그것을 피우면 아름다운 풍경이 더욱 광채를 띠고 강조되어 빛나오는 것일까. 아니면 대자연의 경관 속에서 느껴오는 밑도 끝도 없는 고독감과 절망감을 달래기 위해서 환각이 필요하게 되는 것일까. 잠을 자기 위해 침대 위에 누으면 으레 준호는 마리화나를 볼이 메이도록 빨곤 했었다.

그것을 피우면 모든 풍경이 그가 원하는 대로 변질되는 것일까. 무엇이 그를 쓰라린 지난 사 년간의 고통 뒤끝에도 그것을 피우게 하는가. 그것은 아무도 간섭하지 않는 미국의 자유 때문인가. 그 자유를 만끽하고 싶다는 쾌락 때문인가.

준호는 불을 붙이고 서둘러 연기를 들이마셨다. 목젖이 튕기도록 기침을 했다. 그러나 아까운 연기는 흘러나오지 않았다.

연기가 이미 그의 폐부 속에서 모조리 연소되었기 때문이었다.

쓴 풀잎 냄새가 차 안을 가득히 메웠다. 한꺼번에 많은 양을 들이마시는 심호흡으로 짓이겨진 풀잎은 벌겋게 달아오르고 그 연기를 들이마시는 바람 소리가 풀무 소리처럼 건조하게 들려왔다. 그는 한가득 연기를 들이마시고 될 수 있는 대로 오래 참기 위해서 숨을 끊었다.

그의 눈이 튀어나올 듯이 충혈되고 그의 목이 뱀의 그것처럼 부풀어 올랐다. 더 이상 견딜 수 없을 만큼 참았다가 그는 발작적으로 기침을 하기 시작했다.

"저것 봐."

그의 눈이 서서히 풀려가고 있었다. 그의 눈은 이 지상의 아무것도 보지 않고 있었다. 준호는 가까운 곳과 먼 곳을 동시에 응시하는 듯한 초점 없는 눈으로 그를 돌아보았다.

그의 눈은 꿈에 잠겨 있는 것 같았다. 황홀한 미소가 그의 얼굴에 번

저나갔다.

"저것 봐, 형. 하늘 좀 봐. 얼마나 아름다워. 무지개 같아. 저 파도 좀 봐. 저 파도 좀 봐."

그는 넋 나간 목소리로 킬킬거리며 웃었다. 그가 이유 없이 웃는다는 것은 그가 서서히 황홀경에 빠져들어 가고 있다는 사실을 말하는 신호였다.

"한 모금 빨아봐, 형."

준호는 그에게 파이프를 내밀었다. 그는 머리를 흔들었다.

"괜찮아. 무서워하지 말어. 한 번만 빨아봐. 형의 얼굴이 예뻐졌어."

킬킬 그는 계속 웃었다.

"아아, 저 갈매기 좀 봐. 저 갈매기 좀 봐. 종이학 같아."

남아 있는 풀잎의 연기를 그대로 낭비하는 것이 아까운 듯 그는 볼이 메이도록 연기를 들이마셨다. 풀은 완전히 타버려 검은 재밖에 남지 않았다. 그는 파이프를 털어 재를 버렸다.

"형, 왜 우리가 이곳에 있을까. 우린 왜 이곳에 있지. 그건 참 이상한 일이야."

준호는 비닐봉지를 뒤져 식빵을 게걸스럽게 먹기 시작했다. 준호가 너무 행복하게 보였으므로 그는 말없이 준호의 옆얼굴을 들여다보고 있었다. 그는 꿈을 꾸고 있는 몽유병 환자처럼 보였다. 그래서 그의 꿈을, 소리를 내거나 흔들어 깨우는 것으로 방해해서는 안 될 것 같은 느낌을 받았다.

내버려 둬.

그는 자신에게 준엄하게 명령했다.

그의 꿈을 깨워서는 안 돼. 그를 방해하지 마.

준호는 식빵을 먹다 말고 기운이 빠진 듯 눈을 감았다. 입가에 씹다 흘린 빵 부스러기가 묻어 있었다. 목이 마른 듯 그는 벌컥벌컥 주스를 들이마셨다.

"여기가 어디지. 여기가 어디일까. 형. 우리는 지금 어디에 앉아 있지."

그는 꿈을 꾸듯 몽롱한 목소리로 중얼거렸다. 갈매기 서너 마리가 지친 날개를 쉬기 위해서 차창 밖 차체 위에 맥없이 주저앉았다. 준호의 얼굴은 창백하게 질려 있었다. 한꺼번에 너무 많은 연기를 들이마신 모양이었다. 얼굴은 밀랍처럼 희었지만 눈가만은 붉게 상기되어 있었다.

그는 준호가 어느 정도 정신을 차릴 때까지는 길을 떠날 수 없다는 느낌을 받았다. 그는 준호 이상으로 깊은 꿈속에 잠겨 있었다. 요세미티의 눈길을 달리면서 준호는 온통 흰 설경의 눈부신 아름다운 풍경을 보자 버릇처럼 파이프를 꺼내 들었었다. 그것은 남아 있는 단 한 줌의 마리화나였다. 그가 운전 중에도 한 모금씩 마리화나를 빨고 있다는 것은 잘 알고 있었지만 얼어붙은 눈길을 운전하면서 마리화나를 빤다는 것은 미친 짓이었다.

"불안해하지 마, 형."

운전 중에 그것을 피울 때면 그는 준호에게 노골적으로 못마땅한 표정을 짓곤 했었다. 그런 낌새를 눈치 채고 그를 안심시키기 위해서 준호는 짐짓 밝게 웃어 보이곤 했었다.

"한 모금만 빨면 오히려 운전이 잘돼. 걱정하지 않아두 돼."

그의 말대로 지난 일주일 동안 내내 준호는 조금씩 꿈에 젖어 있었다. 그러나 그의 운전 솜씨는 나무랄 데가 없었다. 그의 말대로 미량의 마리화나는 오히려 긴장을 풀어주고, 피로를 없애주는 윤활유 역할을 하는 모양이었다. 그러나 얼어붙은 급커브의 요세미티 절벽 길 위에서 그것을 피운다는 것은 아무래도 무리였다. 그것은 자살 행위였다. 그가 겨우 세 모금 정도 남아 있는 파이프 속의 마리화나를 강제로 빼앗아 차창 밖으로 털어버렸을 때, 준호는 그에게 핏대를 올리며 덤벼들었었다.

"아끼던 마지막 한 모금의 마리화나였어. 왜 그걸 버린 거야. 멕시칸 놈들에게 육십 달러 주고 산 마지막 물건이야. 미친 것은 내가 아니야. 미친 것은 형이야."

"난 죽고 싶지 않아. 이 새끼야, 난 죽기 위해서 여행을 떠나온 건 아니야."

그는 냉정하게 대답했었다.

"난 그걸 피우지 않으면 아무것도 보이지 않아. 씨팔. 더 이상 아름다운 경치는 눈에 들어오지 않을 거야."

"그렇다면 넌 이걸 네 마음대로 피우기 위해서 미국에 불법 체류자로 남겠다는 것이냐."

"이건 마약이 아니야. 이건 술보다도 해독이 적어."

할 수 없이 체념한 준호는 그러나 요세미티를 거쳐 샌프란시스코로 오는 동안 내내 우울하고 말이 없었다. 그는 지독한 우울증에 빠진 환자처럼 보였다. 그때 그는 준호에게 소리 내어 말을 하지는 않았지만 그에게 내내 미안한 마음을 느끼고 있었다. 준호의 말대로 그것은 술보다 더 해독이 적은 단순한 풀잎 같은 것인지도 모른다. 한 번도 그것을 피워본 적이 없는 그로서는, 그것은 단지 조그만 환상을 불러일으키는 풀잎 같은 것으로, 우울하거나 절실하게 고독할 때 심리적인 위안을 만족시켜 주는 약의 효능을 지닌 순한 약초와 같은 것일지도 모른다. 그것은 그의 공포를 달래주는 유일한 풀잎이었다. 왜 그것을 빼앗았을까. 무엇엔가 조금이라도 마취되어 있지 않으면 견디어낼 수 없는 저 엄청난 고독 속에서 그가 가질 수 있는 심리적 위안을 내가 무슨 자격으로 빼앗을 수 있을 것인가.

눈을 감고 있던 준호가 비틀거리며 일어섰다. 그는 벼랑 끝에 서서 구역질을 하기 시작했다. 그리고 방금 전에 먹은 주스와 빵을 토해 내기 시작했다.

"이런 일이 없었어. 너무 심하게 빨았나 봐."

그는 창백하게 질린 얼굴을 들고 준호를 돌아보았다.

그의 눈가엔 눈물이 맺혀 있었다.

"갑시다, 형. 미안해."

3

그들은 카멜 해안과, 울창한 해안가의 산림지대인 빅서를 지나, 루치아와 고르다를 지났다. 도로는 줄곧 바닷가의 해안을 끼고 뻗어나가 있었다. 이차선이었지만 오가는 차는 거의 없었으므로 일방통행이나 다름없었다. 가도 가도 끝없는 바다뿐이었다. 간혹 길 왼편으로 구릉 지대가 지나고 목초 지대가 펼쳐지기도 했었다. 바닷가 벼랑 위에 아슬아슬하게 세워진 별장들이 새 둥우리처럼 숨어 있는 것을 볼 수 있었다.

차는 수천 마일을 쉴 새 없이 달려왔으므로 장거리 경주를 달려온 운동선수처럼 지치고 헐떡이고 있었지만 아직 원기는 왕성했다. 오랫동안 빠른 속도로 달려나가다 보면 차체와 인간이 한 덩어리가 된 것 같은 느낌을 받을 때가 있었다. 비록 경사진 벼랑을 따라 구불구불 펼쳐진 1번 도로를 달려간다고는 해도 어느 순간부터 두 사람의 의식은 아무것도 생각나지 않는 가수假睡 상태에 들어가게 된다. 운전대를 잡은 손은 무의식적으로 커브를 따라 때로는 완만하게 때로는 급하게 회전을 하고 있었지만, 눈은 차창 너머로의 먼 불확실한 길목에 머물러 있으며 머리는 백지처럼 단순해지기 마련이다. 그것은 일종의 무아지경 속의 반사 동작일 뿐이었다.

자연 두 사람의 입에서는 말이 없어진다. 스위치를 눌러 음악을 듣는 일도 귀찮아진다.

납과 같은 무거운 침묵이 두 사람을 짓누르기 시작했다. 차츰 주위의 풍경도, 바다도, 기울어져가는 태양도, 핏빛 황혼도 눈에 들어오지 않는다. 시간 개념과 공간 개념이 마비가 되기 시작한다.

차는 오직 한 곳의 목표만을 향해 달려가도록 양눈 옆을 안대로 가린 경주용 말처럼 오직 끊임없이 펼쳐진 하나의 선, 도로망을 따라서 질주하고 있다.

캠브리아와 모로베이를 지나기 시작한다. 때로는 우연히 추월해서 달려가는 스포츠카 한 대를 따라 속도 경쟁을 벌여보기도 한다. 그러나 중고차가 성능이 좋다고는 하지만 오직 속도를 내기 위해 만들어진 스포츠카를 따라잡을 수는 없는 것이다. 어느 정도 따라붙던 차는 다시 적막한 도로 위에 홀로 달리는 장거리 주자처럼 낙오되기 마련이다. 마주 달려오는 차도 오후가 되자 거의 보이지 않는다. 뒤따라오는 차도 보이지 않는다. 이따금씩 벼랑 위에 서 있는 별장 집들을 발견하기는 하지만 인기척이 느껴지지는 않는다.

바닷가도 쓰레기 하치장처럼 버려져 있을 뿐이다. 도시에 인접한 바닷가에서 만날 수 있는 파도를 타는 젊은이들도 보이지 않고, 바다는 변방 지대의 기슭을 핥고만 있을 뿐이다.

움직이는 것은 갈매기와 정직한 태양뿐이다. 태양빛은 시간에 따라 때로는 눈부시게, 때로는 황홀하게, 때로는 지치고 병든 얼굴로 시시각각 변하고 있다. 어떤 때는 긴 띠와 같은 구름이 태양을 가리기도 한다. 그럴 때면 태양은 어디론가 유괴당해 가는 사람처럼 보인다. 구름의 검은 띠가 태양을 납치해 가며 어디로 끌려가는가 상상할 수 없게 태양의 눈을 가리고 입에 재갈을 물리고 있다. 바람이 불기도 하고, 거짓말처럼 잔잔하게 가라앉는다.

삐죽삐죽 돋아난 곶[岬]들이 함부로 찢은 은박지처럼 구겨져서 바다 속에 침몰하고 있다. 원래는 바다와 육지가 한 덩어리였던 것을 분노한 신이 두 조각으로 찢어낸 것 같은 거친 경계선은 벼랑과 절벽으로 나누어져 있었다.

어디에 있는가 구태여 지도를 볼 필요는 없다. 로스앤젤레스까지 아직 멀었다. 쉴 새 없이 달리고 있지만 워낙 경사가 심한 도로이므로 한껏 속력을 낼 수는 없다. 이 밤 안으로 로스앤젤레스에 도착할 수 있을 것 같지는 않다. 그러나 밤을 새워서라도 달려야 할 것이다. 도로변의 모텔에서 하룻밤을 자고 달릴 만큼 여유가 있지 않다. 오늘 밤에 도착하지 못한다면 내일 아침에라도 도착할 수 있을 것이다.

가야 할 목적이 있다는 것은 어쨌든 고마운 일이다. 로스앤젤레스에 돌아간다 해도 그들을 반겨줄 사람은 없다. 그들이 떠날 때 아무도 전송해 주지 않았듯 그들이 도착한다고 해도 아무도 그들을 반겨주지 않을 것이다.

요세미티 절벽 위에서 굴러 떨어져 죽는다 해도 그들의 시체는 봄이 되어서야 발견될 것이다. 아무도 그들의 신원을 확인하지 못할 것이다. 어쩌면 그들이 가졌던 여권 조각을 발견하게 될지도 모른다. 그들은 죽음의 계곡에서도, 요세미티에서도, 99번 도로 위에서도 죽을 수가 있었다. 그러나 그들은 죽지 않았다. 99번 도로 위에서 달려가는 차와 부딪혀 산산조각으로 죽어간다 해도 아무도 그들이 누구인지, 어딜 가는 길이었는지, 왜 그 도로 위를 달려가고 있었는지 모를 것이다. 그것은 그들이 돌아가고 있는 로스앤젤레스에서도 마찬가지다. 그들이 침대 위에서 죽는다 해도 그들의 시체는 한 달 뒤에나 발견될 것이다. 더 이상 견딜 수 없는 악취의 냄새에 옆방에서 얼굴을 알 수 없는 멕시코인이 문을 부수고 들어오기 전에는. 그러나 죽음을 생각할 이유는 없다. 분노를 끓어오르는 용암처럼 가슴 깊이 간직하고 있다고 하지만 아직 죽음을 생각할 나이는 아니다. 그는 죽기 위해서 여행을 떠나온 것은 아니었다. 그는 다만 분노했으므로 여행을 떠나왔다. 무엇 때문일까. 그의 분노는 무엇 때문일까. 무엇이 그를 분노케 했는가. 무엇이 준호를 두렵게 하며 무엇이 준호에게 끊었던 마리화나를 피우게 했는가. 무엇이 그에게 가족을 버리고 불법 체류자로 남게 한 것일까.

차는 점점 속력이 빨라진다. 모로베이에서 잠시 바다를 버리고 1번 도로는 101번 도로와 만난다. 101번 도로는 성난 짐승과 같은 차량들로 만원을 이루고 있다. 차들은 탈곡기에서 떨어져 내리는 낟알처럼 구르고 있다. 휘이잉 소리가 난다. 차는 그 흐름에 섞여든다. 그들이 탄 차를 앞질러서, 옆을 따라붙으며 달려가는 각양각색의 차 속에 앉은 사람들은 묵묵히 입을 다물고 있다. 속력을 빨리할 때마다 고속도로의 표면과 바퀴 부분이 맞닿아 입을 맞추는 소리가 난다. 차체의 미세한 진동이 피부에 느껴진다. 아직 날이 저물지 않았지만 어떤 차들은 불을 밝히고 있다. 차들은 아프리카의 초원 지대를 달리는 동물들처럼 아스팔트의 정글 속을 돌진하고 있다. 누군가가 추적해 오는 것 같은 놀라움 속에 한 마리가 내닫기 시작하자 온 야생 동물이 내쳐 뛰어달리듯. 기린과 무소와 하마와 타조와 온갖 동물들이 도망치듯 차들은 미친 듯이 달려나간다. 달려나가는 속도감 이외에는 아무것도 존재하지 않는다.

차가 101번 도로를 버리고 다시 1번 도로로 접어들자 이상한 고독감이 스며든다. 마침 해가 지기 시작한다. 한낮을 지배했던 태양의 제왕帝王은 왕좌에서 물러나기 시작한다. 빛을 모반하는 저녁 노을이 혁명을 일으켜 피와 같은 붉은 노을을 깃발처럼 드리운다. 파도가 한결 높아진다. 헤드라이트 불빛이 점점 뚜렷해진다. 태양은 마침내 임종을 맞았지만 그의 후광은 온 누리에 떨치고 있다. 하늘은 저문 태양의 마지막 각혈로 붉게 물들어 있다. 어둠이 새앙쥐처럼 빛의 문턱을 갉아 내리고 있는 것이 보인다. 초조初潮와 같은 피의 여광을 갉아 내리는 어둠의 구멍으로 수술대 위에 올라선 마취 환자의 잃어가는 의식처럼 점점 사라져간다. 그것은 처절한 아름다움으로 승화된다. 태양은 완전히 사라졌지만 황금의 빛과 노을은 한데 섞여서 거대한 불꽃놀이를 하고 있는 것처럼 보인다. 바다의 군대들이 몰락해 가는 하늘의 왕국을 향해 집중적으로 포화를 쏘아 올리고 있다. 터진 포탄의 불꽃이 하늘의 어둠 속에 점화되어 폭발하고 있다. 빛의 파편이 깨어져 흩어진다.

차는 필사적으로 달려나간다. 헤드라이트가 빛의 기둥이 되어 심해어深海魚의 눈처럼 밝아온다. 차선에 박힌 붉은 형광 표시등이 반딧불처럼 떠오른다. 빛은 완전히 사라지고 사방은 칠흑 같은 어둠뿐이다. 달은 보이지 않는다. 그런데도 밤하늘엔 무수한 별들이 붙박혀 있는 것이 보인다. 시야는 온통 차단되었다. 바다는 더 이상 보이지 않는다. 바다는 보다 검은빛으로 음흉한 짐승처럼 웅크리고 있다. 벼랑도 보이지 않는다. 이따금씩 벼랑에 선 집들에서 내비친 불빛들만이 깜박일 뿐이다. 머리가 맑아진다. 의식이 물처럼 투명해진다. 차는 어둠의 두터운 벽을 뚫는 나사못처럼 달려나간다. 나가도 나가도 어둠의 벽은 끝을 보이지 않는다. 헤드라이트가 눈먼 곤충의 더듬이처럼 재빨리 달려나가는 차의 한 치 앞을 더듬어 감지한다.

준호는 말없이 운전대를 잡고 있다. 그는 벌써 오후 내내 말 한 마디를 않고 있다. 그 역시 한 마디의 말도 하지 않았다. 그들은 함께 앉아 있을 뿐 절대의 고독 속에 앉아 있다. 차는 제 스스로 자전自轉하는 지구처럼 굴러간다. 어둠 속에 헤드라이트 불빛을 받은 도로 표지판이 이따금씩 척후병처럼 떠오른다. 그것은 무한대의 우주 속을 스쳐가다 마주치는 이름 모를 운석隕石처럼 보인다. 도로 표지판이 '그로버시티'를 가리키고 재빨리 물러간다. 차의 계기가 70마일을 가리키고 있다. 바늘은 70마일을 오버하기도 하고 못 미치는 분기점에서 경련을 하고 있다. 오일 게이지는 거의 바닥이 나 있다. 로스앤젤레스까지 가려면 한 번쯤 기름을 풀로 채워야 할 것이다. 한밤중에 이 적막한 도로에서 기름이 떨어진다면 속수무책이 될 것이다. 그런데도 입을 열어 말하기조차 귀찮아진다. 기름이 떨어지기 전에 조그마한 동리가 나타나겠지. 저 정도의 기름이라면 앞으로 40마일은 더 달릴 수 있을 것이다. 기름이 떨어지면 탱크에 오줌을 쌀 것이다. 그러면 오줌에 떠오르는 기름으로 10마일은 더 달릴 수 있을 것이다.

차는 한곳에 정지되어 있는 것처럼 보인다. 흘러가는 것은 도로다. 그들은 탄광의 마지막 막장에 들어선 탄광부 같은 느낌을 받는다. 어쩌다 저 먼 도로 끝에서부터 떨리며 달려오는 차의 헤드라이트가 보인다. 이쪽을 향해 달려오는 불빛은 조금씩 더 분명해진다. 그러다가 어느 틈에 얼굴을 맞대고 스쳐 지나간다. 스쳐 사라지는 차는 그들이 달려온 길을 되돌아가고 있을 것이다. 건전지 불빛을 밝혀 들고 들판을 헤매는 어린아이처럼. 핸들을 잡은 손이 저리고 아픈지 이따금 준호는 운전대에서 손을 떼고 손을 흔든다. 바다는 보이지 않았지만 바위에 부딪히고 으깨어지는 파도의 포말은 환각 조명을 받은 무희의 스타킹처럼 번득인다. 파도는 입맛을 쩝쩝 다시고 있다. 길 가운데 그어진 도로의 경계선이 미친 듯이 차 앞으로 달라붙고 있다. 그것은 날이 선 작두의 칼날처럼 보인다. 차는 맨발로 서서 그 시퍼런 칼날 위를 춤추며 달려가고 있다. 맹렬한 속도감으로 차는 사정 직전의 동물처럼 몸을 떨고 있다. 이따금 급커브의 도로를 따라 차가 회전할 때마다 바퀴가 무디어진 칼

날을 숫돌에 갈 때처럼 불꽃을 튕기며 비명을 지른다. 어둠은 달려가는 속도만큼 뒷걸음질 치고 있다. 차의 속도 계기가 80마일을 가리키고 있다. 이건 위험한 속도다. 그는 그러나 입을 열어 주의하라고 말하고 싶지는 않다. 내버려 두기로 한다.

　벼랑길을 따라 커브를 도는 순간 차의 속력은 줄어든다. 격렬한 고통으로 차는 울부짖는다. 오후 내내 굶었지만 아무것도 먹고 싶지 않다. 배가 고픈 듯도 싶지만 참을 만하다. 말라빠진 식빵을 씹는 것은 모래를 씹는 느낌일 것이다. 지도를 펼쳐 보아 지금 그들이 어디에 위치하고 있는가 알아보고 싶은 생각조차 일지 않는다. 지도를 보기 위해서는 실내등을 켜야 한다. 실내등을 켠다면 그들은 서로의 얼굴을 마주 보게 될 것이다. 흐린 불빛 아래에서 서로의 어두운 모습을 마주 본다는 것은 우울한 일이다. 내버려 두기로 한다. 이대로 1번 도로를 따라가면 도착할 것이다. 그것뿐이다. 긴 여정의 반은 분명히 넘어왔을 것이다. 어쩌면 더 많이 왔을지도 모른다. 아주 짧은 시간 안에 로스앤젤레스에 도착할지도 모른다. 아니다. 그것은 어디까지나 그렇게 되기를 바라는 희망일 뿐이다. 그들은 영원히 그곳에 도착하지 못할지도 모른다. 그들은 이 세상에 존재하지 않는 어떤 환상의 도시를 찾아 맹목적으로 질주하고 있는지도 모른다. 로스앤젤레스는 이 세상에 존재하지도 않는 가공의 지명이다. 가공의 도시를 향해서 수천 마일을 달려오고 있는 것이다. 그러나 어쨌든 상관없는 일이다. 1번 도로 끝에 무엇이 있는가 미리 점쳐 볼 필요는 없다. 분명한 것은 달려가는 속도감만 느껴진다면 살아 있다는 느낌을 확인할 수 있으므로. 달려가는 차창 앞 불빛 속에 황급히 뛰어 어둠 속으로 숨는 동물의 모습이 흘낏 보인다.

　집을 잃은 개일까. 아니면 무리에서 떨어져 나와 길을 잃은 늑대일까. 이따금 벼랑에서 굴러 떨어진 흙더미들이 도로 가장자리에 산재되어 있는 것이 보인다. 그러나 사람의 모습은 어느 곳에서도 보이지 않는다. 울창한 숲에서 부러져 내린 나뭇가지들이 도로 위에, 살은 뜯기고 남은 몇 점의 뼈처럼 떨어져 있는 것도 보인다. 이상하게도 하늘은 투명하게 맑았지만 달빛은 찾아볼 수 없다. 하늘엔 무수한 별들이 크리스마스트리의 색전구처럼 일제히 빛나고 있다. 그중에는 이제야 막 수억 광년의 우주 공간을 거쳐 갓 도착한 새로 형성된 별들도 있었으며 숨이 끊어져 막 죽어가는 별들도 있었다. 어쩌다 제 무게를 못 이겨 하늘에 굵은 획을 그리며 추락하는 별똥별도 보인다.

그때였다.

잠자코 침묵을 지키던 준호가 캐비닛을 열어 녹음테이프를 꺼낸다. 그는 그것을 카트리지 속에 집어넣고 스위치를 누른다. 그는 그것이 무엇인지 잘 알고 있다. 그것은 준호의 아내가 보내준 녹음테이프였다. 여행 중에 그들은 그 녹음테이프를 수십 번도 넘게 들었었다. 그래서 삼십 분짜리 카세트에 녹음 내용을 처음부터 끝까지 욀 수 있을 정도였다.

테이프가 천천히 돌아가고 스피커에서 준호의 아내 목소리가 흘러나오기 시작했다.

"오랜만이야. 전번에 당신의 편지를 받았어요. 당신이 이 편지에 부탁했던 대로 아이들 목소리를 녹음해서 보내드리려고 준비를 하고 있어……(잠시 침묵) 요즈음 어떻게 지내시는지요…… 나는 아이들 돌보는 것으로 하루해를 보내요. 편지에 씌어져 있는 대로 몸은 건강하다니 안심은 되지만 어떻게 먹고, 어떻게 자고, 옷은 어떻게 갈아입는지 그게 제일 염려스러워…… 당신의 게으른 성격을 잘 알고 있는 나로서는 옷도 되는 대로 입고 다녀 냄새를 풀풀 풍기고 세수도 일주일 이상 하지 않고 이빨도 닦지 않고 다녀서 거지 꼬락서니가 될 것 같아서 늘 마음에 걸려. 발은 적어도 이틀에 한 번은 닦아요. 머리도 이틀에 한 번은 감구요. 그리구 제발 콧수염은 기르지 말어……(잠시 침묵) 무슨 말을 해야 할지 모르겠어. 평소에 우리가 얼굴을 맞대고는 정다운 이야기를 나눠본 적이 없는데 녹음기로 당신 본 듯하고 이야기를 하려니 쑥스럽구 어색하기만 해요……(잠시 침묵)……당신에 관한 신문 기사가 주간지 같은 데 나오고 있어. 당신이 미국에서 주저앉았다고 그러는 거야. 좀 빈정대고 있는 투의 기사가 나오더니 지금은 오히려 잠잠해요…… (잠시 침묵)……준겸이가 요즈음 아빠를 찾고 있어요. 하루에도 수십 번씩 아빠가 어디 갔느냐고 찾고 있어……(잠시 침묵) 그럴 때면 나는 아빠가 미국에 갔다고 이야기해 줘. 준겸이는 로봇 타고 우주인 만나러 갔는지 알고 있어. 그 애는 미국이 만화영화에 나오는 안드로메다라는 별인 줄로만 알고 있어. 지구를 공격하는 외계인을 물리치기 위해서 마징가 제트라는 로봇을 타고 우주로 떠났다고 믿고 있어…… 은경이는 새 학기에 2학년이 되니까 그 애는 준겸이보다 아빠를 덜 찾고 있지. 하지만 철이 들어서 입 밖으로 말하지 않을 뿐이지, 며칠 전에 학교에 제출하는 일기장을 본 적이 있었어. 그 일기장엔 아빠 이야기뿐이었지……(잠시 침묵)……아빠가 왜 돌아오지 않는지 그게 이상하다고 썼었어요. 하나님 아빠를 돌아오게 해주세요 라고 썼었어요……(전화벨 소리)……잠깐 기다려, 전화 왔나 봐. 조금 있다 다시 녹음할게……(잠시 침묵) 다시 이야기를 계속하겠어. 아까 내가 어디까지 이야기했었지……(잠시 침묵)……준겸아, 준겸아, 이리 와봐. 이리 와서 아빠에게 말해 봐……(잠시 침묵)……아빠가 어디 있는데, 아빠가 없잖아. 아빠는 녹음기 속에 들어 있어, 바보야. 거짓말 말아. 누나, 아빠가 어떻게 저렇게 조그마한 녹음기 속에 들어갈 수 있단 말야. 누나는 거짓말쟁이야……(먼 곳에서)……아빠한테 이야기해 봐라……(가까운 곳에서)……아빠야, 나 준겸이야. 아빠 어디 있어. 마징가 제트를 타고 나쁜 외계인을 처부수고 있는 거야. 언제 올 거야. 나두 아빠하고 같이 로봇을 타고 싶어. 나도 이담에 크면 우주 비행사가 될 거야. 그래서 초록별 지구를 공격하는 나쁜 우주인을 처부술 거야……아빠 심심해……엄마는 가끔 울어……(녹음 스위치 꺼지는 소리)……(잠시 침묵)……(먼 곳에서)……준겸아, 노래 한 곡 불러봐라. 싫어. 아이, 착하지, 노래 한 번 불러봐, 아빠 앞에서. 아빠가 어디 있는데, 아빠가 있어야 노래를 부르지……우리 준겸이 착하지……자, 일어서……노래를 불러봐요……(잠시 침묵)……(느닷없이 힘차게)……우우우 따다다 우우우 따다다 번개보다 날쌔게 날아가는 우리의 용감한 정의의 용사 우리가 아니면 누가 지키랴. 우우우 따다다 우우우 따다다 올 테면 와라 겁내지 말고 처부숴야지 정의의 용사 마징가 마징가 제트 우우우 따다다 우우우 따다다……(박수 소리)……(먼 곳에서)……잘 불렀어요. 그럼 은경이가 한 곡 불러야지. 은경이는 요즘 앞니가 모두 빠졌대요. 앞니 빠진 새앙쥐 우물 곁에 가지 마라……(잠시 침묵)……아빠……(잠시 침묵)……아빠……(다시 침묵)……(노랫소리)……아빠하고 나하고 만든 꽃밭에 채송화도 봉숭화도 한창입니다. 아빠가 매어놓은 새끼줄 따라 나팔꽃도 어울리게 피었습니다……(박수 소리)……자, 이번에는 둘이서 합창을 해봐라. 똑바로 서야지. 아빠한테 인사를 하고……(잠시 침묵)……나의 살던 고향은 꽃피는 산골 복숭아꽃 살구꽃 아기 진달래 울긋불긋 꽃대궐 차리인 동네 그 속에서 놀던 때가 그립습니다……(박수 소리)……(잠시 침묵)……따로 할 말은 없는 것 같아요. 여긴 무지무지하게 추워요. 몇십 년 만의 추위라고 야단들이야. 아파트 내에서는 난방이 되어 있지만 따로 석유난로를 피워야만 견딜만 해요……어쩌자는 것인지……(긴 침묵) 당신이 어쩌자는 것인지 모르겠어…… 아무런 대책도 없이 무엇을 어떻게 하라는 것인지 이해가……."

순간 준호는 스위치를 눌러 카세트를 꺼버렸다. 차 안은 침묵으로 무겁게 가라앉았다. 그는 그러나 그 녹음테이프를 수십 번 들어왔으므로 더 이어지는 준호 아내의 녹음 내용을 거의 외고 있었다.

생명력이 결여된 단조로운 목소리가 끊겨버린 후부터 어둠을 뚫고 달려가는 차의 엔진 소리가 해소병에 걸린 환자의 헐떡이는 가래 소리처럼 상대적으로 크게 높아졌다. 단 한 번도 쉬지 않고 달려온 차는 이제 더 이상 버틸 힘도 없이 비명을 지르고 있었다. 차체는 관절이 부서지는 소리를 내며 심하게 요동을 치고 있었다. 쇳덩어리들이 끊임없이 가열되는 열로 불덩이처럼 뜨거워지고 좀체로 불평하지 않던 과묵한 차는 부서질 듯 흔들리고 있었다.

과열된 온도를 알리는 계기에 붉은 불이 켜져 있었다. 위험을 알리는 비상 신호였다. 더 이상 견디어나갈 수 없는 극한점에 이른 차는 비등하는 물처럼 끓어오르고 있었다.

그런데도 준호는 차의 속력을 줄이지 않았다. 차의 엔진을 끄고 오랜 휴식 시간을 줘서 과열된 열기를 식히지 않으면 안 될 만큼 절박한 상황에 맞닿고 있음에도 불구하고 준호는 속력을 줄이지 않았다. 오히려 차의 속력은 더 빨라지기 시작했다.

속력을 알리는 계기의 바늘이 75마일을 초과하고 있었다. 바늘은 80마일을 향해 육박해 들어가고 있었다.

차가 고통을 호소하며 몸을 떨었다. 바늘은 80마일에서 85마일로 치닫고 있었다. 차체는 수전증에 걸린 알코올 중독자의 손처럼 와들와들 떨고 있었고 좁은 도로를 비상하기 시작했다. 도로 경계선의 일정한 선을 따라 달려가는 차는 맹렬한 속도감으로 추락해 버릴 것처럼 휘청거렸다. 차는 날기 위해서 활주로를 굴러가는 비행기처럼 달려 나갔다.

위험하다는 본능적인 직감이 그의 머릿속을 파고들었다. 그러나 그는 입을 열지 않았다.

내버려 둬. 내버려 둬.

그는 자신에게 준엄하게 명령했다.

그가 하고 싶은 대로 내버려 둬.

갑자기 차 안에서 뭔가 타고 있는 듯한 기분 나쁜 냄새가 난 듯싶더니 차창 앞 차체에서 연기가 뭉게뭉게 솟아오르기 시작했다. 연막탄을 뿌린 듯 시야가 흐려졌다. 차가 돌연 도로를 벗어나 경치를 구경하기 위해서 벼랑 위에 만들어둔 공터의 난간을 향해 미끄러져 들어갔다. 견고한 쇠 난간과 차의 앞부분이 날카로운 파열음을 내며 부딪쳤다. 차는 가까스로 멈춰 섰다. 조금만 더 가속도의 충격으로 전진했다면 차는 쇠 난간을 부수고 벼랑 아래로 굴러 떨어졌을 것이다. 헤드라이트 한쪽이 쇠 난간과의 충돌로 산산조각으로 깨어지며 꺼졌다. 그들은 넋 나간 사람들처럼 좌석에 앉아 꼼짝도 하지 않았다. 굳게 닫혀진 차체에서는 끊임없이 연기가 솟아오르고 있었다. 과열된 엔진이 타오르고 있는 모양이었다. 빨리 보닛을 열어 엔진을 식히고 순환 펌프 속에 차가운 물을 부어주지 않으면 엔진은 완전히 연소되어 타버릴 것이다.

그런데도 준호는 운전대를 잡고 꼼짝도 하지 않았다. 그는 준호의 옆얼굴을 쳐다보았다. 그는 거짓말처럼 울고 있었다. 쇠 난간과의 충돌로 한쪽 눈을 실명당한 헤드라이트의 흐린 불빛은 간신히 차의 내부를 밝히고 있었는데 그의 얼굴에서는 눈물이 굴러 떨어지고 있었다.

"난 가겠어."

젖은 목소리로 준호는 중얼거렸다.

"난 돌아가겠어. 로스앤젤레스에 도착하는 즉시 비행기 좌석을 예약하겠어. 다행히 떠나올 때 왕복 티켓을 사두었기 때문에 문제는 없어.

형, 난 돌아가겠어. 난 결심했어."

준호는 볼을 타고 흘러내리는 눈물을 손등으로 연신 씻어 내리고 있었다.

"우리가 왜 이곳에 앉아 있지. 이곳은 남의 땅이야. 왜 우리가 이곳에 있지. 왜 우리가 이곳에 있는지 난 그 이유를 모르겠어. 난 아무것도 얻을 수 없고 구할 수도 없어."

그는 묵묵히 흐느끼는 준호의 말을 듣고 있었다. 준호는 자기 얼굴에서 흘러내리는 눈물을 몹시 창피하게 여기는 사람처럼 난폭하게 닦아 내며 짐짓 볼멘소리로 물었다.

"로스앤젤레스는 아직도 멀었어. 씨팔, 도대체 얼마나 남은 거야."

"아직도 멀었어. 내일 새벽에야 도착할 수 있을 거야."

"우린 지금까지 4천 마일을 줄곧 달려왔어. 그런데도 아직 멀었다구. 어떻게 된 거야. 우린 달릴 만큼 달려왔어. 우린 1번 도로를 달렸어야 했어. 그런데 우린 엉뚱한 길을 달려온 것 같아. 형은 미쳤어. 형은 지도 하나 제대로 볼 줄 모르는 미친 놈이야. 형은 정신이 나갔어. 저걸 봐."

준호는 헤드라이트를 껐다 다시 켰다. 난간 옆에는 도로 표지판이 서 있었다. 일단 껐다가 켜진 불빛 속에 그들이 지금껏 달려온 도로의 명칭을 가리키는 고유 번호가 씌어져 있었다.

246West

"저걸 봐. 어떻게 된 거야. 우린 지금까지 246번 도로를 달려온 거야. 1번 도로는 어떻게 된 거야. 1번 도로는 어디로 사라진 거야. 우리는 1번 South쪽으로 가야만 한다구. 그래야만 로스앤젤레스에 갈 수가 있는 거야. 제발 지도 좀 봐. 가만히 있지만 말고."

준호는 실내등을 켰다. 그는 미친 듯이 지도를 펼쳐 들었다.

"우리가 있는 곳이 어디쯤이야. 말해 봐. 1번 도로는 보이지도 않아. 어떻게 된 거야. 우린 알래스카 쪽으로 가고 있었을까. 아아, 우라질."

준호는 난감한 듯 운전대를 후려쳤다. 짧은 클랙슨 소리가 났다. 지금껏 조용히 앉아 있던 그가 갑자기 킬킬거리며 웃기 시작했다. 그의 입에서 거품과 같은 웃음이 흘러나왔다.

"그 지도는 엉터리야. 우린 속았어. 우린 엉뚱한 길을 지금까지 달려온 거야."

"그럴 리가 없어. 지금 농담하는 거야? 우린 분명히 로스앤젤레스 쪽으로 달려가고 있었다구. 왔던 길을 되돌아 나가면 1번 도로와 다시 만날 수 있을 거야. 우린 간선 도로로 잘못 빠져들어 온 것뿐이야."

"로스앤젤레스에는 영원히 도착할 수 없을걸."

그는 여전히 킬킬거리며 말을 이었다.

"난 알구 있어. 처음부터 1번 도로는 로스앤젤레스로 가는 도로가 아니었어. 로스앤젤레스는 2번 도로로 3번 도로로 달려간다 해도 영원히 도착할 수 없을 거야. 왜냐하면 로스앤젤레스란 도시는 이 세상에 존재하지도 않으니까. 그건 지도 위에만 씌어 있는 가공의 도시 이름일 뿐이야. 되돌아가 봐. 넌 1번 도로를 영원히 만날 수 없을 테니까."

"난 가겠어. 돌아가겠어."

준호는 시동을 걸기 시작했다. 그러나 차는 꼼짝도 하지 않았다. 차는 이미 싸늘하게 식어 있었지만 기능이 마비되어 있었다. 열심히 스위치를 내려도 차는 미세한 반응조차 보이지 않았다. 준호는 쉽사리 액셀레이터를 밟고 점화 스위치를 넣었다. 그는 이미 숨을 거둔 익사체의 입에 인공호흡을 계속하는 어리석은 인명 구조원에 지나지 않았다.

"엔진이 타버렸어. 아니면 기름이 떨어졌든지. 우린 꼼짝도 할 수 없어. 차는 망가졌어. 날이 샐 때까지 기다리지 않으면 안 돼."

"마치 이렇게 되기를 바란 사람처럼 말을 하는군. 난 갈 수 있어. 이 차를 움직일 수 있어. 난 이 차를 누구보다 잘 알고 있어. 헤드라이트가 켜지는 것은 엔진이 완전히 타버리지 않았다는 증거야. 차는 멀쩡해. 차는 다만 지쳐버린 것뿐이야."

준호는 결사적으로 운전대를 부여잡았다. 그의 얼굴은 눈물과 땀으로 뒤범벅되어 있었다.

"이곳에서 꼼짝하지 못하면 우린 죽을 거야. 새벽이 오면 기온이 내려갈 거야. 시동이 걸리지 않으면 히터도 나오지 않아. 우린 얼어 죽을 거야. 여긴 벌판이야. 수십 킬로미터 이내에 인가가 없을지도 몰라. 온갖 야생동물들이 우릴 보고 덤벼들지도 몰라. 대답해 봐. 내 말을 듣고 있는 거야? 뭐라고 말 좀 해봐."

그는 대답 대신 캐비닛을 열어 한 줌의 마리화나와 파이프를 꺼내어 밀었다. 준호는 불가사의한 표정으로 그를 보았다.

"무서워하지 마. 이걸 피워. 그러면 행복해질 거야. 잠이 올 거야. 꿈도 꿀 수 있겠지. 우린 절대로 죽지 않아. 봐라, 저 꿈틀거리는 검은 것이 무엇인지 아니. 그건 바다야. 태평양이야. 저 바다는 네가 돌아가려는 나라의 기슭과 맞닿아 있지. 우린 틀림없이 돌아가게 돼. 길을 찾을 수 있을 거야. 날이 밝으면 우린 돌아갈 수 있게 돼. 로스앤젤레스는 멀지 않아. 그곳에서 비행기를 타고 당장에라도 저 바다를 건너갈 수 있을 거야."

"형."

준호는 긴장된 목소리로 그를 불렀다.

"도대체 뭘 하는 거야."

"네가 원치 않으면 내가 피우겠어."

그는 준호가 늘 하던 짓을 봐둔 대로 마리화나의 풀잎을 손끝으로 이겨서 조그만 덩어리를 만들어 파이프의 얇은 섬유망 위에 띄워 올렸다.

"양이 너무 많아. 제발 유치한 짓 좀 하지 말어. 이건 독한 거야. 형같이 처음 피우는 사람에겐 이건 너무 독해."

그는 성냥을 꺼내 풀잎에 불을 붙이고 깊게 빨아들였다. 마른 풀잎이 빨아들이는 호흡으로 한순간 빨갛게 달아올랐다. 그는 입 안에 가득한 연기를 가슴 깊이 들이마셨다. 가슴이 터질 것처럼 방망이질해 댔다. 발작적인 기침이 나올 것 같았지만 그는 물속에서 코를 막고 숨을 오래 참기 내기 하듯 숨을 끊고 가슴속에 들이마신 연기가 폐부 깊숙이 스며들기를 기다렸다. 눈알이 튀어나올 듯이 팽창되었다. 더 이상 참는 것은 무리였다. 그는 밭은기침을 했다.

다시 연기를 빨아들이며 그는 머리를 부여잡았다. 머리 부분까지 연기가 스며든 것 같은 느낌이었다. 오래 저장하기 위해서 연기로 소독하는 훈제燻製의 고깃덩어리처럼 그의 머리는 독한 풀잎의 연기로 그을려지고 있었다.

순간 몸을 가눌 수 없을 만큼 극심한 현기증이 일었다. 그는 헐떡이며 차창에 머리를 대고 몸을 바로잡았다. 눈이 극도로 예민해져서 야생동물의 그것처럼 밝아졌다. 가슴이 쪼개질 것 같은 압박감이 다가왔다. 누군가 목을 조르고 있는 듯한 질식감이 그를 몸부림치게 했다. 숨을 들이마셨지만 호흡 기도가 파열된 듯 들이마시는 공기의 저항이 느껴지질 않았다. 그의 몸속에서 뭔가 가볍게 빠져나와 떠오르는 것 같은 느낌이 들었다. 그의 온몸에서 완전히 힘이 빠져나갔다.

"형. 괜찮아, 정말 괜찮겠어."

아득히 먼 곳에서 아련한 목소리가 들려왔다. 그는 그 목소리가 날아온 방향을 보았다. 그곳에는 어리둥절한 표정 하나가 돌연변이를 일으킨 채소처럼 기괴한 모습으로 뒤틀리고 있었다.

"괜찮아."

그는 자신 있게 대답했다. 그는 자신이 말을 하지 않고 그의 입을 빌려 누군가 대신 말해 주는 것 같은 착각을 느꼈다. 그는 천천히 일어섰다. 그는 비틀거리며 차의 문을 열고 밖으로 나갔다.

"어딜 가는 거야. 형."

"바람 좀 쐬겠어."

"안 돼. 위험해. 나가지 말어. 돌아와. 안 돼. 제발. 도대체 뭘 하는 거야."

그는 난간을 붙들고 벼랑 아래를 노려보았다. 그곳에는 미친 말갈기와 같은 바람이 몰아치고 있었다. 지축을 흔드는 파도 소리가 후퇴를 모르는 군대의 발자국처럼 진군해 들어오고 있었다. 어디선가 큰북을 두드리는 듯한 타격음이 둥둥 울리고 있었다.

벼랑은 가파르지 않았다. 그것은 제법 급하게 바다 쪽으로 뿌리내린 작은 곳에 불과했다. 벼랑을 따라 샛길이 뻗어 내리고 있었다. 그는 그 샛길로 굴러 내렸다.

그는 헛발을 디뎌 넘어졌으나 곧 일어났다. 그는 구르고 뛰며 달리며 넘어지면서 샛길을 뛰었다. 균형을 잃은 그의 발길은 바닷가의 돌 더미 위에 와서 멎었다. 무수한 돌들이 해변을 가득 메우고 있었다.

달빛은 없었지만 다행히도 하늘의 무성한 별들이 합심해서 거둬준 빛의 동냥으로 그의 눈은 밝고 원하는 것은 무엇이든 볼 수 있었다.

성난 파도의 포말이 비가 되어 그의 몸을 적시고 있었다. 그는 무릎을 꿇고 돌 위에 주저앉았다. 그는 즐겁고 유쾌하고, 그리고 슬펐다.

그는 거센 파도에 의해서 바다를 건너 밀려온 죽은 시체처럼 바위 위에 쓰러져 누웠다. 그를 낯선 땅으로 유배시켜 온 파도들은 서둘러 물러가고 갓 도착한 빈손의 파도들만 그를 사로잡기 위해서 그물을 던지고 있었다.

　그제서야 줄곧 그의 마음속에 끓어오르던 분노의 불길이 서서히 꺼져가는 것을 보았다. 파도에 의해서 밀려온 낯선 뭍으로의 망명이 그의 분노를 잠재운 것은 아니었다. 그는 그가 살아온 모든 인생, 그가 보고 듣고 느꼈던 모든 삶들, 그가 소유하고 잃어버리고 허비했던 명예와 허영, 그가 옳다고 믿었던 정의와 법法, 때로는 성공하고 때로는 배반당했던 그의 욕망, 끊임없이 추구하던 쾌락과 성욕, 그가 한때 가지고 버렸던 숱한 여인들, 그 모든 것들로부터 무참하게 얻어맞고 마침내 처절하게 패배당한 것 같은 느낌을 받았다. 처절하게 패배당했다는 사실을 깨달았을 때 그의 분노는 참따랗게 재를 보이며 소멸되었다.

　이제는 원한도, 증오도, 적의도, 미움도, 아무것도 가질 이유가 없었다. 그는 딱딱한 바위의 표면 위에 입을 맞추며 그를 굴복시킨 모든 승리자들에게 용서를 빌었다. 그리고 이젠 정말 돌아가야 한다고 다짐했다. 그는 너무 지쳐 있었으므로 그 누구에게든 위로받고 싶었다.(《문예중앙》 82. 봄)

자·선·대·표·작

이상한 사람들

최인호

나는 신기료장수가 되고 싶다.
내가 하는 말이 한 가닥 실이 되어
낡은 구두의 밑창을 꿰매고 내가 쓰는 글이
하나의 징이 되어 낡은 구두의 밑바닥에 박혀서
걸을 때마다 말굽 소리를 내기 위해서는
침묵의 신기료장수가 될 수밖에 없을 것이다.
—본문 중에서

이상한 사람들

포플러나무

　　그는 이상한 사람이었다.

　그는 한때 높이뛰기 선수였다. 전성기 때 그는 2미터 30센티를 무난히 뛰어넘곤 했었다. 그가 살던 마을에선 그를 당하는 사람이 없었다.

　그의 최고 기록은 2미터 40센티였다. 제아무리 키 큰 사람이라도 그는 뛰어넘을 수 있을 정도였다. 아무리 높은 담도 그는 옷깃 하나 스치지 않고 사뿐히 뛰어넘곤 했었다. 그는 보기 드문 훌륭한 사람이었다.

　한때 모든 사람들은 그가 곧 세계 신기록을 수립하리라 믿고 있었다. 그는 전문적인 운동선수는 아니었다. 그는 대장간에서 낫과 도끼 그런 것을 만드는 대장장이였었다.

　사람들은 그가 높이 뛰는 모습을 보기 좋아했다.

　우리들은 그에게 높이 뛰어보라고 부탁을 하곤 했었다.

그가 운동선수가 아니었으므로 우리들은 그가 뛰어넘었다가 떨어졌을 때 다치지 않게 하기 위해서 모래밭을 준비하거나, 몸을 스치기만 해도 흔들려 떨어지는 장대 같은 것을 준비하지는 않았다.

우리는 그저 키 큰 싸리 울타리를 뛰어넘어 보라거나, 우리들 중에서 제일 큰 아이들이 두어 명 목마를 타고 선 머리 위로 뛰어넘어 보라고 유혹해 보았을 뿐이었다.

그는 자주 우리들의 요구에 응하지는 않았지만 그렇다고 자신의 재능을 뽐내거나 우쭐해 보이지 않았기 때문에, 우리들의 유혹에 번번이 져서 웃통을 벗고 넘으려 하는 대상 저 앞쪽에 웅크리고 서 있다가 돌연 미친 듯이 달려서 획, 바람을 가르며 우리들 친구들이 목마를 타고 선 장애물을 날카롭게 뛰어넘곤 했었다. 그는 한 번도 실패하지 않았다. 그는 위대한 사람이었다.

우리들은 그를 위대한 사람이라고 생각하고 있었기 때문에 마침내 그가 운동장에 선 국기 게양대까지 뛰어넘을 수 있을 것이라는 것을 믿어 의심치 않았다.

나는 그가 마침내는 거대한 산을 단숨에 뛰어넘을 수 있을 것이라고 믿고 있었다. 하늘에 뜬 구름도 단숨에 뛰어넘고 저 하늘에 빛나는 별들을 한 줌 뜯어다가 우리 앞에 떨어뜨려 놓을 거라고 생각했으며 그가 하려고만 들면 저녁녘 먼 산에 핏빛으로 물들어가는 저녁노을조차도 뛰어넘거나 비 온 뒤 서편 하늘에 색동저고리로 찬연하게 빛나오는 무지개를 단숨에 뛰어넘을 수 있을 것이라고 나는 생각하고 있었다.

"무지개를 뛰어넘을 수 있을까요, 아저씨."

내가 물었을 때 그는 대답했다.

"암, 뛰어넘을 수 있고말고."

그는 자신 있게 대답했었다.

"다만 무지개를 향해 달려갈 수 있는 먼 거리의 지평선이 내 앞에 환히 펼쳐져 보일 수만 있다면⋯⋯."

그러나 그는 2미터 40센티를 더 이상 뛰어넘지 못했다. 그것이 그가 뛰어넘은 최고의 높이였다. 그것은 우리 학교 운동장에서 가장 높은 높이의 철봉대였다. 우리들 중 아무도 그것을 붙들고 턱걸이를 할 수 없는 가장 높은 철봉대였다.

그러나 그는 위대했던 사람이었지만 행복했던 사람은 아니었다. 그는 세 명의 아이를 갖고 있었는데 어느 해 여름 물가에 놀러가 한 아이가 빠졌고 또 한 아이는 그것을 구하러 들어갔으며, 마침내 가장 큰 아이가 빠진 두 동생을 구하러 들어갔다가 한꺼번에 세 명이 몽땅 죽어버렸다. 그의 아내는 그것을 알고 미쳐버렸는데, 미쳐버린 뒤 어디론가 사라져버렸다. 한 달에 한 번씩 찾아오는 방물장수가 그의 아내를 보았다고 소식을 전해 주었다. 한 번은 바닷가에서 보았다고 했으며, 한 번은 무덤가에서 보았다고 했으며, 언젠가는 강가에서 보았는데 온몸에 비늘이 돋혀 있더라고 우리에게 전해 주었지만 아무도 우리는 그 말을 믿지 않았다.

세 아이와 아내를 잃고 나서 그 사람은 조금 이상한 사람이 되어버리고 말았다. 그는 여전히 말굽과 낫과 망치를 만들고 있었지만 그가 만든 낫은 풀을 베지 못했으며, 그가 만든 망치는 못 하나 박을 수 없을 정도로 엉터리였다. 그는 높이뛰기도 하지 않았다. 사람들은 그가 우리들도 뛰어넘을 수 있는 개울물도 건너지 못한다고 비웃었다.

그는 종일 대장간에서 풀무질을 하고 있었지만 아무것도 만들지 못했다. 그는 말굽조차도 만들지 못했다.

동리 사람들이 모두 그를 미친 사람이라고 비웃었지만 우리들은 여전히 그 사람을 우러러 떠받들고 있었다. 나는 여전히 그가 하려고만

들면 국기 게양대를 뛰어넘거나, 마침내는 무지개의 그 아름다운 빛깔들을 조금도 손상치 않고 뛰어넘을 수 있을 것이라고 믿고 있었다. 우리들은 그에게 제일 높은 철봉대를 또다시 뛰어넘어 줄 것을 기회가 있을 때마다 부탁하곤 했다. 그럴 때면 그는 머리를 흔들며 대답했다.

"난 이제 더 이상 높이 뛰어넘을 수 없단다. 아가야, 내 다리는 녹이 슬었다."

그러나 우리들은 그의 말을 믿지 않았다. 그는 우리들의 희망이었다.

"할 수 있어요, 아저씨. 아저씨는 뛰어넘을 수 있어요. 아저씨는 위대한 사람이니까요."

그는 우리들의 기대를 저버리지 않기 위해서 높이뛰기를 했다. 그는 운동장을 미친 듯이 뛰어서 허공으로 솟구쳐 올랐다. 그러나 그의 높이뛰기는 철봉대의 높이에 어림도 없이 못 미쳤다. 그는 철봉대의 쇠 난간에 다리가 걸려 비명을 지르며 쓰러졌다. 그의 다리는 부러졌다.

그의 다리는 영영 회복되지 않았다. 그는 쩔뚝이며 걸어 다녔다. 그는 30센티의 높이도 뛰어오르지 못했다. 그는 개구리보다도 더 못 뛰었다. 그는 개울물에 다리 놓은 징검다리도 뛰어넘지 못했다. 그는 개울물에 늘 빠졌다.

어느 날 그는 마당의 빈 터에 포플러 나무 한 그루를 심었다. 나는 그가 포플러 나무 심는 것을 도와주었다. 나는 왜 그가 갑자기 빈 터에 포플러 나무를 심는지 그 이유를 알지 못했다. 그는 빈 터에 토마토와 배추, 고추와 호박을 심어 그것을 따 먹는 것으로 입에 풀칠을 하고 있었기 때문에 그가 당장 먹을 수 있는 과일나무를 심지 않고 포플러 나무를 심는지 이해가 가질 않았다.

내가 왜 포플러 나무를 심느냐고 묻자 그는 대답했다.

"포플러 나무가 나무 중에서 가장 빨리 크니까 말야."

"하지만."

나는 말을 끊었다.

"포플러 나무엔 열매가 열리지 않아요. 아저씨는 사과나무나 복숭아 나무 같은 것을 심는 게 좋아요."

"아니다, 아가야."

그는 웃으며 말했다.

"나는 더 이상 배고프지 않다. 토마토와 감자가 얼마든지 있으니까 말이다."

"그럼 뭣 때문에 포플러 나무를 심나요."

"더 높이 뛰어오르기 위해서지."

그는 대답했다.

그리고 그는 쩔뚝거리며 이제 막 심은 포플러 나무의 외가닥 줄기를 뛰어넘었다.

"나는 이 나무를 뛰어넘을 것이다. 봐라, 난 이 나무를 뛰어넘었잖니."

"하지만 아저씨, 이 나무는 나도 넘을 수 있어요."

나는 자랑스레 어린 포플러 나무를 뛰어넘었다.

"하지만 이 나무는 매일같이 조금씩 키가 클 것이다. 일 년 뒤엔 네 키만큼 크겠지. 이 년 뒤엔 철봉대만큼, 삼 년 뒤엔 국기 게양대만큼, 사 년 후엔 전봇대만큼, 그리고 오 년 뒤엔 하늘만큼 자라겠지. 나는 매일 이 나무를 뛰어넘을 것이다. 그렇게 되면 나는 나중에 하늘만큼 뛰어오를 수 있을 거야."

그는 매일같이 포플러 나무에 물을 주고 정성껏 그것을 키웠다. 포플러 나무는 그의 말대로 키가 자랐지만 아침마다 피어나는 나팔꽃처럼 움씩움씩 크지는 않았다. 그것은 더딘 속도로 자라났다. 마치 절대 움직여 보이지 않는 벽시계의 시침처럼.

그는 매일같이 포플러 나무를 뛰어넘었다. 절뚝거리며.

포플러 나무는 일 년 사이에 내 키만큼 자랐다. 파릇파릇한 잎새를 밖으로 내뻗치며, 운동장의 만세 부르는 아이들의 고사리 손처럼 바람에 흔들리며.

"봐라."

그는 자랑스럽게 말했다.

"나는 포플러 나무를 뛰어넘는다."

그는 내 앞에서 절뚝거리며 달려와 포플러 나무를 넘었다.

우리들은 어느새 키가 자라 있었고 어떤 놈들은 밀밭에 숨어 몰래 담배도 피우고 있었기 때문에 더 이상 그에게 관심을 기울이지 않았다. 그에게 관심을 기울이는 것보다 더 많은 재미와 쾌락을 우리들은 조금씩 배워나가고 있었다. 맛도 모르고 마시는 술과 담배와 여자와 쾌락을 향한 호기심으로 우리들의 아랫도리에선 하루가 다르게 검은 음모가 자라나고 있었다. 나 혼자 그를 찾아갔으며 그는 나 하나만을 위해서 절뚝거리며 뛰어서, 절뚝거리며 포플러 나무를 뛰어넘었다.

이 년 뒤 포플러 나무는 내 키를 앞질러 낮은 철봉대 정도로 자랐다. 나는 그때 한 소녀를 사랑하고 있었다. 그녀는 눈부시도록 아름다웠는데 그녀는 논둑 사이에서 내게 속삭이며 말을 했다.

"난 널 사랑하고 있지 않아. 난 네가 싫어. 난 아무도 좋아하지 않아. 내가 좋아하는 것은 단 한 사람뿐이야."

그녀는 누렇게 익은 벼 사이에 서 있는 허수아비를 가리켰다.

"난 그와 결혼하겠어. 난 그의 아이를 낳을 거야."

가을의 들판에는 무수한 허수아비들이 서 있었다. 그것들은 낡은 농모를 쓰고 밀짚의 심장을 가지고 들판에 우뚝 서 있었다. 참새 떼들은 아무도 그를 무서워하지 않았다. 나는 왜 그녀가 허수아비를 사랑한다고 말을 하는지 그 이유를 알지 못했다.

　그래서 혼자 벼밭 사이로 들어가 허수아비처럼 팔을 벌리고 몇 날 며칠을 서보기도 했었다. 그러던 어느 날 나는 우거진 벼 사이에서 그 소녀가 한 남자와 옷을 벗고 뒹구는 것을 보았다. 소녀는 허수아비의 아이를 배지 않았으며 그 남자의 아이를 뱄다. 그녀는 거짓말쟁이였다. 슬픔 끝에 그 사람을 찾아갔을 때 그는 자랑스레 말했다.

　"난 저 나무를 뛰어넘겠다. 잘 보렴. 난 해낼 수 있다."

　그는 쩔뚝거리며 포플러 나무를 뛰어넘었다.

　"두고 보렴. 나는 저 나무가 자라는 높이까지 뛰어넘는 것이다. 난 해낼 것이다."

　그러나 그는 늙어 있었으며 허리가 굽어 있었다. 그는 노인에 불과했다. 그는 이빨이 빠져 단 두 개의 이빨만 가지고 있을 뿐이었다. 그의 세 아이는 오래전에 죽었으며 그의 아내는 아직 돌아오지 않았다. 방물장수는 이렇게 말했다.

　"그의 아내를 만났었어. 그 여자는 바닷가에서 모래로 떡을 만들어 시장에 나가 팔고 있었지. 나도 하나 먹어보았어. 아주 맛이 있었어. 내가 이렇게 물었지. 당신 남편이 기다리고 있노라고. 그러니까 돌아가자고. 그러자 그 여인은 대답했어. 기다리라구 말을 전해 주세요. 저 많은 모래로 떡을 만들어 모두 팔 때까지."

　삼 년 뒤에 포플러 나무는 국기 게양대만큼 자라 있었다. 아주 잘생긴 나무였다. 대지 위에 뿌리를 단단히 박고 젊고 싱싱한 나뭇가지를 마음껏 펼쳐 들고 있었다. 잎새는 무성해서 넓은 가슴에 돋아난 털들처럼 보였다. 그에 비하면 그는 죽어가는 노인이었다. 그는 두 개 남은 이빨 중에 하나를 잃어버리고 있었다. 그는 단 하나의 이빨을 가지고 내게 말했다.

"잘 왔다, 아가야, 내가 저 나무를 뛰어넘을 테니까 지켜보렴."

그는 나를 아가라고 불렀지만 이미 나는 불행하게도 아가는 아니었다. 나는 청년이었다.

그는 쩔뚝거리며 느린 동작으로 달렸다. 그러고는 바람처럼 일어섰다. 그의 몸은 새처럼 비상했다. 그는 가문비나무로 만든 빗자루처럼 공기를 쓸며 가볍게 날았다. 그는 포플러 나무를 뛰어넘었다.

"봤지, 봤지. 나는 뛰어넘었다. 나는 포플러 나무를 뛰어넘었다."

사 년 뒤 포플러 나무는 하늘처럼 높이 자랐다. 어찌나 높이 자랐는지 그 끝이 보이지 않았다. 새들은 밀짚과 삭정이를 부리로 물어다 나뭇가지 위에 집을 지었으며 그곳에 알을 낳았다. 키 낮은 구름들이 포플러 나무 중턱에 걸려 있을 정도였다. 여름이면 온 마을 사람들이 나무 밑 그늘에 와서 낮잠들을 잤지만 그늘이 커서 자리다툼할 이유는 없었다.

장난꾸러기 아이가 그 나뭇등걸을 타고 구름 위로 올라갔다 내려온 후 이렇게 말했다.

"구름 위에서 할아버지의 할머니를 만났었어요. 할머니는 그 나뭇가지 꼭대기에서 둥우리를 만들고 살고 있었어요. 세 아이도 있었어요. 정말이에요. 믿지 못하겠다면 한번 올라가 보세요."

물론 나는 이미 어린아이가 아니었으므로 그 아이의 말이 사실인가 아닌가 확인해 보기 위해서 나뭇등걸을 타고 구름 위로 올라갈 만큼 가볍지가 않았다.

그를 만났을 때 그는 아주 늙은 노인이 되어 있었다. 그는 하나 남아 있던 이빨마저도 없어져 있었다.

"네가 왔구나, 아가야."

그는 기뻐서 웃었다.

"넌 어릴 때부터 내게 구름 위를 뛰어넘을 수 있겠느냐고 물었지."

"그래요, 할아버지. 기억하구말구요."

"이제 내가 네게 보여주겠다. 내가 저 나무를 뛰어넘는 것을 보렴."

그는 쩔뚝거리며 먼 길을 뛰었다. 그리고 어느 순간 허공으로 솟구쳤다. 그의 몸은 하늘 위로 빨려들어 갔다. 나는 그가 솟아오른 포플러 나무 끝을 우러러보았다. 그는 보이지 않았다. 나는 오랫동안 그가 다시 지상에 내려오기를 기다렸다. 그는 영영 내려오지 않았다. 처음에 나는 그 끝간 데를 모르는 포플러 나무가 너무 높아 다시 지상에 내려오는 데는 그만큼 시간이 걸릴지도 모른다고 생각했다. 그래서 해 저물도록 기다렸는데 그는 내려오지 않았다. 아주 오랜 후에 무언가 툭 하고 떨어졌다. 나는 그것을 주워 보았다. 그것은 낡은 신발 한 짝이었다.

나는 최근 그 마을에 가보았다. 아내와 두 아이를 데리고. 마을은 변했지만 포플러 나무는 그대로 서 있었다. 왜 그렇게 느꼈었을까 싶게도 포플러 나무는 아주 작고 왜소해 보였다. 나뭇잎들은 시들어 있었고 나뭇가지들은 부러져 있었다. 그것은 물속에서 익사한 시체처럼 고통스럽게 뒤틀려져 있었다.

이 지상에서 가장 높이 뛰었던 그 이상한 사람의 모습은 언제나 또다시 지상으로 떨어져 내려와 우리들 앞에 나타나 보일 것인지.

나는 오늘 아침 내 집 마당에 아주 더디게 자라나는 사과나무 한 그루를 심을 것이다. 그리고 매일 아침 그것을 뛰어넘을 것이다. 그래서 언젠가는 구름을 뛰어넘을 것이며, 마침내는 그가 사라져버린 저 이상한 곳, 또 다른 세계에서 그를 만나게 될 것이다.

이제야 나는 알았다.

우리가 사는 이 세계는 실은 우리가 살고 있던 저 먼 곳에서부터 높이뛰기해서 잠시 머물다 간 허공이며, 우리가 돌아가서 착지着地하는 곳이야말로 우리의 지친 영혼을 영원히 받아들여 주는 지상의 세계인 것을. 그렇다. 우리는 지금 허공에 있다. 우리는 지금 물구나무서기를 하고 다니고 있는 것이다.

침묵은 금이다

그는 이상한 사람이었다.

처음부터 이상한 사람은 아니었다. 그는 잘생긴 사람이었으며, 또한 잘생긴 부인과 잘생긴 두 아이를 가지고 있던 사람이었다. 그는 이제 겨우 서른다섯 살이었으며, 그 나이에 벌써 유수한 기업체의 부장이 되어 있었다. 그의 승진은 예상되어 있었으며 그는 훌륭한 주택을 가지고 있었다. 은행에도 이백만 원쯤 예금을 가진 착실한 가장이었다. 그것은 쉬운 일이 아니다. 월급은 쓰고 남을 만큼 풍족했으며 남는 돈으로는 저축을 할 수 있었다. 그는 좋은 이웃이었으며 아침마다 골목을 청소하는 부지런한 사내였는데, 자기 집 앞만 쓰는 것이 아니라 온 동리, 온 골목을 샅샅이 빗자루로 쓸고 다녔으므로 동리 주민들은 그를 착하고 좋은 이웃으로 생각하고 있었다.

그러던 그가 어느 날 하루 동안에 이상한 사람이 되어버렸다. 갑자기 그는 입을 다물었다.

"말이 싫어졌어."

그는 아내에게 말했다.

"앞으로 나는 말을 하지 않을 거야. 나는 입을 다물 거야. 나는 입을 열지 않을 거야."

"칫솔질은 어떻게 할 거예요. 입을 다문다면."

"물론 이는 닦아야지. 하지만 혀는 놀리지 않을 거야."

"하품도 하지 않을 건가요."

"하품을 하지 않을 수는 없지. 하지만 입은 연다고 해도 말은 하지 않겠어. 말은 간사하고 교활한 거야. 나는 말이 싫어졌어."

"하지만……."

깔깔깔깔 그의 아내가 웃으며 말했다.

"당신은 벌써 스무 마디 이상의 말을 했잖아요. 말을 하지 않겠다고 하구선……."

"이제부터 입을 다물겠어."

그날 이후부터 그는 입을 다물었다.

그 이유는 아무도 모른다. 왜 그가 어느 날 아침부터 입을 다물겠다고 결심했는지. 그는 누구와도 다투지 않았다. 쓸데없는 농담을 해서 구설수에 말려든 적도 없었다. 농담을 해서 구설수에 말려든 적도 없었다. 다만 언제부터인가 그는 말이라는 것은 항상 마음보다 성급해서 저 먼저 달려나가고, 일단 앞서 달려나가면 그 고삐를 쥘 수 없는 미친 말[馬]에 불과하다는 것을 느끼고 있었다. 어떠한 말[言]도 진실이 깃들어 있지 않았다. 말은 악마의 것이었다. 입으로는 미안합니다 라고 말하고 있으면서도 마음은 전혀 그렇게 생각하고 있지 않았다. 그것은 거짓이었다.

안녕하세요. 반갑습니다. 미안합니다. 사랑합니다. 나를 믿어주세요. 우리는 보다 잘살 수 있습니다. 수많은 말들이 입 안에서 튀어 나가도 그것은 재빠르게 포도를 먹고 그 알맹이는 삼켜버리며 씨와 껍질만 익숙하게 뱉어버리는 행위에 지나지 않았다. 말은 더러운 씨와 껍질이었다. 말은 저주의 타액이었으며, 말은 씹다씹다 툭 뱉어버리는 향기 빠진 껌에 불과했다. 그런 말들이 거리에 떠다닌다. 놓친 풍선처럼. 둥둥 떠다닌다. 몰래 거리에 버린 연탄재만 쓰레기라 할 것인가. 뱉어버린 말들도 치울 수 없는 쓰레기들이었다.

　우연히 길거리에서 만난 옛 친구와 웃음을 나누며 악수를 하고 반갑습니다, 말은 해도 마음은 그가 가야 할 출근길을 벌써 달려가고 있다. 말은 그러니까 철 지나도록 벽에 붙어 있는 선거 벽보판처럼 아무런 의미 없는 장식에 지나지 않았다.

　그의 아내는 그의 결심을 그냥 장난스럽게 받아들이고 있었다. 그의 아내는 남편의 유약한 성격을 잘 알고 있었다. 그가 벌써 아홉 번의 금연 결심을 일주일도 못 채워 파기해 버리는 유약한 사람이라는 것을 잘 알고 있었다. 그래서 언젠가는 제풀에 답답해서 입을 열고 말을 하게 될 것이라는 것을 믿어 의심치 않았다.

　그러나 그의 침묵은 날이 갈수록 깊어만 가고 있었다. 그는 침묵에 익숙해져 버린 사람처럼 보였다. 처음에는 침묵의 무게를 감당하지 못해 무거운 짐을 진 수고스러운 사람처럼 위태위태하게 보였었다. 그러나 날이 갈수록 그의 침묵은 그의 분위기로 바뀌어져 가고 그의 입은 두터운 빗장이 걸린 두터운 철문처럼 굳게 닫혀 있었다. 그는 거대한 바위처럼 보였다. 처음에는 저렇게 나가다가도 자기가 먼저 입을 열겠지 하는 마음으로 대수롭게 여기지 않던 아내는 조바심이 일기 시작했다.

　"말 좀 하세요."

　그의 아내는 식탁에 앉아서 먼저 말을 걸었다. 그러나 그는 묵묵히 밥만 먹었다.

　"난 침묵이 싫어요. 말 좀 하세요."

　그는 대답 대신 웃었다. 그러나 입을 벌리고 웃진 않았다. 그의 입은 진주를 품기 위해서 굳게 입을 다문 패각貝殼 껍질처럼 보였다.

　그의 침묵이 집안을 바다 밑에 가라앉은 침몰한 배처럼 만들었다. 아이들은 아버지가 벙어리가 되었다고 말했다.

"너희 아버진 벙어리가 아니다."

그의 아내는 완강히 부인했다.

"아버진 좋은 목소리를 가지고 있었다. 너희들도 잘 알지 않느냐? 아버진 누구보다 재미있게 말을 할 줄 알고 계신 분이셨다. 너희들에게 옛날얘기 해주던 것 기억나지 않니."

"그렇다면 아빤 왜 입을 열지 않는 것일까요. 아빠는 이상한 사람인가요."

"아빤 거짓말을 하고 싶지 않으시기 때문이다."

"말이 거짓말인가요, 엄마. 아빤 이상해요. 이상한 사람이에요."

아이들을 꾸중해서는 안 된다. 그들은 아버지 곁에서 멀어져갔다. 지난날 휴일이면 아버지의 어깨 위에 무등을 타고 동물원에도 가고 공원으로 산보 나가고, 잠이 들 때까지 콩쥐팥쥐 얘기를 해주던 다정했던 기억은 사라진 지 오래였다. 어린아이들은 단념이 빠른 편이니까. 그들은 아버지를 이상한 요술에 걸려 말을 하지 못하는 동화 속의 인물로 생각하고 있었다.

집에 돌아오면 그는 자기 방에 틀어박혔다. 그는 온 방에 불을 끄고 커튼을 닫고 깊은 어둠 속에 잠겨 있었다.

"아이들이 당신을 벙어리로 알고 있어요. 아이들이 당신을 무서워하고 있어요. 당신이 제게 말을 하지 않으셔두 좋아요. 하지만 아이들에게는 몇 마디 따스한 말을 해줄 수 있잖아요. 하루에 세 마디만 해주세요. 아이들은 당신을 벙어리로 알고 있어요."

아내는 눈물을 흘리며 울었다.

"우리는 가족이에요, 여보. 우리는 당신에게 모든 것을 요구하고 있어요. 당신은 우리 집의 기둥이에요. 나를 위해서 한 마디만 말해 주세요. 무슨 말이라도 좋아요. 여보, 난 무서워요. 당신이 진정 이상한 사람이 되어가는 것이 아닌가 두려워요. 당신은 바위 같아요. 도대체 왜 그러시는 거예요."

그는 물끄러미 아내를 들여다보았다. 그는 웃으며 연필과 종이를 꺼내 들었다. 그는 종이 위에 다음과 같이 글씨를 썼다.

"울지 말아요."

아내는 울면서 그가 쓴 종이를 들여다보았다.

"이것이 당신의 말인가요."

그는 잠자코 머리를 끄덕였다.

"고마워요."

아내는 억지로 웃으면서 말했다.

"내 말에 대답해 주셔서 고마워요."

그의 침묵은 그가 가족에게만 무섭게 느껴진 것은 아니었다. 그가 나가는 직장에서 그의 침묵은 말썽이 되었다. 그는 전화를 받아도 대답하지 않았다. 부하 직원들은 그가 미친 사람이 되었다고 수군거렸다. 유능하고 장래가 촉망되던 상사가 어째서 이상한 사람이 되어버렸을까. 그들은 이해할 수 없었다. 그러나 그것에서 끝날 수는 없었다. 그의 직장 상사는 간부 사원인 그의 침묵을 용서할 수 없었다.

"자네가 말을 하지 않는다더군."

사장은 그에게 말했다.

"회사에서 소문이 파다해. 자네가 말을 하지 않는다고. 어디 아픈가?"

그는 긴장해서 딱딱한 몸을 추스르며 황급히 몸을 흔들었다.

"어떻게 된 거야. 자네, 정신 있어, 없어."

사장은 머리를 흔들었다.

그는 송구스럽게 고개를 떨구고 서 있었다.

"말을 하지 않는다면 쓸모없는 인간이야. 자네가 우리 회사를 위해 얼마나 애를 써주었는가 하는 것은 잘 알고 있어. 하지만 말이 없는 사람은 죽은 사람과 다름없어. 말을 하지 않을 생각이라면 당장 나가주게."

그날 밤 그는 캄캄한 방에 혼자 앉아 있었다. 그는 자기가 언제부터 말을 하지 않았는가 생각해 보았다.

그는 일 년이 지나도록 한 마디의 말도 하지 않은 사실을 깨달았다. 그는 정말 행복했었다. 그는 평생을 벙어리로 지낼 생각은 아니었다. 그는 자신이 진실만을 얘기할 수 있을 때 비로소 입을 열리라 마음을 굳히고 있었다. 그러나 사람들은 끊임없이 그에게 말을 요구하고 있었으며 말이 없이는 살아갈 수 없다는 것을 그는 깨달았다. 그것은 슬픈 일이었다. 그는 말이 없이도 아내와 사랑을 나눌 수 있었으며 말을 않고 있을 때야 비로소 사물의 핵심을 꿰뚫어볼 수 있음을 알게 되었다.

사랑한다고 말한 순간 사랑하는 마음은 빛을 잃으며, 미안합니다 라고 말한 순간 교묘한 말의 유희로 진실의 마음은 변색이 되어버린다. 꽃은 꽃이라고 부른 순간 꽃의 마음은 오로지 형식적인 관계로 멀어져 가는 것을 그는 깨닫고 있었다. 말을 끊은 동안 그는 어둠과 얘기할 수 있었으며, 꽃과 얘기할 수 있었으며, 물과 다정한 대화를 나눌 수 있었다. 말은 바람과 얘기하는 통로를 차단하는 차단기 역할을 하고 있다는 것을 그는 깨달았다. 꽃들은 꽃들의 말이 있으며, 바람은 바람의 말들이 있었다. 새는 새들끼리의 언어가 있으며 개미는 개미들끼리의 언어가 있었다.

그는 알고 있었다.

애초에 인간은 그들과 함께 이야기를 나눌 수 있었으며, 그들의 마음을 읽을 수 있었으며, 그들과 함께 생활했으며, 그들 세계의 일원이었음을 침묵 속에서 깨달았다. 단지 인간이 말을 배운 뒤부터 그들과 멀어져갔으며, 때문에 말은 사물과 한마음으로 친화하는 마음을 베는 칼

날이었음을 깨닫고 있었다. 말은 이교도들의 주문呪文이었다. 말은 알아들을 수 없는 인간의 방언方言이었다.

그는 침묵 속에서 사물의 언어를 배웠으며 그는 이제야 겨우 그들의 말을 띄엄띄엄 알아들을 수 있었다. 그런데 그가 입을 열지 않는다면 해고될 것이라고 사장은 엄중하게 경고했으며, 그렇게 된다면 가족들이 어떻게 살아가야 할 것인지 그는 막막한 절망감을 느꼈다. 그는 그럴 수는 없다고 생각했다. 입을 열어야 한다고 생각했다. 그래서 그는 혼잣말로 중얼거려 보기 위해 입을 열었다. 무슨 말을 해야 할까 그는 생각했다. 그의 머릿속으로 한 가지 말이 떠올랐다.

"나는 이제부터 말을 하겠다."

그는 천천히 혀를 굴려보았다.

그때 그는 놀라운 사실을 깨달았다. 그의 혀는 딱딱하게 굳어 꼬부라지지 않았다. 그는 필사적으로 마음먹었던 말을 형상화시키려고 입을 움직였다. 그는 단 한 마디의 단어도 발음해 낼 수 없었다. 그의 입은 튼튼한 자물쇠로 잠긴 문이었다. 그 자물쇠를 여는 열쇠를 잊어버린 지 오랜 후였다. 그는 무서웠다. 말하는 기능을 완전히 상실했다는 것을 깨달은 순간 그는 방을 뛰쳐나왔다. 그는 잠든 아내를 흔들어 깨웠다. 그의 아내는 꿈에서 눈을 떴으며, 그가 입을 열고 무언가 안타깝게 울부짖는 것을 보았다. 그러나 그건 어디까지나 형상에 불과했다. 그의 입은 쉴 새 없이 움직이고 있었지만 신음 소리조차 흘러나오지 않았다. 그래서 아내는 무언가 크나큰 위험이 그의 남편 곁에서 일어난 것으로 느꼈다.

"웬일이에요, 여보. 무슨 일이 일어났나요."

그는 필사적으로 입을 움직였다. 그는 가위에 눌린 사람처럼 보였다. 그는 자신의 입을 가리켰다. 아내는 그의 목구멍에 저녁에 먹은 생선

가시가 걸린 것이라고 생각했다. 그래서 그의 입을 벌리고 목구멍 속을 들여다보았다.

"나는 말할 수 없어."

그는 종이 위에 그렇게 썼다.

"말하지 않으면 직장을 쫓겨나게 됐어. 나는 다시 말하기로 결심했어. 그런데 말을 할 수 없게 됐어."

아내는 끊임없이 땀을 흘리고 있는 남편을 쳐다보았다. 그녀는 남편이 분명 이상한 사람이라고 생각했다. 지금까지 그녀는 한 번도 남편이 이상한 사람이라고 느껴본 적은 없었다. 많은 사람들이 그녀의 남편을 비난하고 비웃고 있을 때라도 그녀는 남편이 훌륭하며 자상한 남편이라는 것을 확신하고 있었다. 그러나 그런 확신이 일순에 와르르 무너지는 것 같은 느낌을 받았다.

"말해 보세요."

아내는 얼빠진 목소리로 타일렀다.

"내 말을 따라 해보세요."

잠시 떠올릴 말을 생각했다. 그녀는 주기도문을 생각해 내었다.

"하늘에 계신 우리 아버지 이름을 거룩하게 하옵시고……. 자, 따라 해보세요."

그는 머리를 흔들었다. 그는 종이에 이렇게 썼다.

"안 돼. 불가능한 일이야."

"당신은 할 수 있어요. 당신은 너무 오랜만에 말을 하려고 하기 때문에 말하는 법을 잊어버린 거예요. 서둘지 마세요. 천천히 해보세요. 하. 천천히. 하늘에 계신 우리 아버지……."

"……."

그는 머리를 흔들었다.

"당신은 정말 이상한 사람이군요. 당신은 미쳤어요."

아내는 소리 질렀다.

그는 멍청한 얼굴로 아내를 보았다. 그의 눈에 형언할 수 없는 슬픔이 젖어들고 있었다.

"당신은 귀신이 씌었어요. 당신은 벙어리예요. 난 당신이 싫어졌어요."

그는 우두커니 서 있었다.

이 가엾은 사내는 자기가 마침내 이 세상에서 유일하게 믿었던 아내에게서까지 버림받은 것을 알았다. 아내는 그를 이해해 주던 유일한 사람이었다.

내가 무엇을 잘못했을까.

그는 자신에 대해 생각해 보았다. 그는 그 이유를 생각해 낼 수 없었다. 그가 잘못한 것이라면 말을 하지 않았던 것이며, 마침내 그 침묵에서 헤어져 나오기 위해서 아내에게 도움을 청했던 것밖에 없었다. 그는 영원히 입을 다물게 되었다.

당연하게도 그는 회사에서 해고당했으며, 그는 아내에게마저 버림받았다. 그는 더 이상 말하려 하지 않았다. 그는 이제 아내를 위해서 썼던 연필과 종이를 더 이상 필요로 하지 않았다. 그는 아무에게도 연필로 글씨를 써서 대답해야 할 필요성을 느끼지 않았다. 왜냐하면 그 누구도 그에게 말을 붙이지 않았기 때문이었다.

그의 집은 가난해졌으며, 아내는 그에게 말했다.

"내 눈앞에서 보이지 말아요. 난 당신을 보면 화가 나니까요."

아이들은 세월이 흐를수록 씩씩하고 아름답게 커갔지만 아무도 아버지를 상대하지 않았다. 그는 집에서 있으나 마나 한 사람이 되었다. 그를 사람이라고 부를 수 있을까. 아이들은 아버지를 집안에 있는 가구나 도자기, 병풍 그런 무생물적인 것으로 생각하고 있었다. 그들은 그들끼리 식사를 했으며, 그는 캄캄한 어둠 속에서 혼자 밥을 먹었다. 그곳에서 자고, 그곳에서 꿈을 꾸었으며, 그곳에서 어둠과 얘기했다. 누가 오면 가족들은 이상한 아버지가 나오기를 원치 않았다. 그래서 손님이 오면 그들은 아버지의 방문을 아예 걸어 잠그기도 했었다. 손님이 가도 아버지의 방문을 여는 것을 깜박 잊곤 해서 그는 그 캄캄한 방 속에 틀어박혀 몇 날 며칠을 아무것도 먹지 않고 누워 있을 때도 있었다.

그의 집은 아주 가난해져서 그의 아내가 일을 해서 먹을 수밖에 없었다. 아침 일찍 나갔다가 저녁 늦게 들어오면 아내는 벼락 같은 소리로 이렇게 소리를 지르곤 했다.

"나가버려. 썩 내 눈앞에서 꺼져버려, 이 원수야."

직장과 가족에게서까지 버림받은 그는 마침내 어디론가 사라져버렸다. 가족들은 아주 오랜 후에야 그가 사라져버린 것을 알았다.

"아버지가 사라졌어요, 어머니. 없어졌어요."

"잘됐지 뭐냐. 차라리 잘됐지. 참으로 다행스러운 일이다."

어머니는 대수롭지 않게 말을 이었다.

"아무것도 하지 않고 밥만 축내는 식충이를 하나 떨궜으니 얼마나 다행이냐."

"……이게 네가 알고 싶은 것의 전부란다, 아가야."

오랜 이야기를 끝내고 나서 그는 내게 말을 했다. 그는 신기료장수였는데 얘기하는 도중에 쉴 새 없이 낡은 구두창을 꿰매고 있었다.

"네가 알고 싶어했던 것을 모두 가르쳐주었다. 내가 어디서 왔으며 뭘 하던 사람인가를 모두 얘기해 준 셈이다. 이제야 속이 시원하니."

"하지만 아저씨."

나는 쭈그리고 앉아서 그를 올려다보았다.

"아저씨는 누구보다 말을 잘하시잖아요. 아저씨는 말을 잘하세요. 저는 아저씨의 말을 모두 알아듣고 있어요. 아저씨는 벙어리가 아니에요."

"물론 아니구말구."

그는 웃었다.

"집을 떠나와 오 년이 지난 후에야 나는 말을 할 수 있게 되었단다. 남이 신다 해진 신발을 꿰매고 나서부터 다시 말하게 되었단다. 하지만 아직도 어떤 사람들은 하나도 내 말을 알아듣지 못하고 있단다. 그들에게 나는 벙어리처럼 보인다. 말은 입으로 하는 것이 아니지. 말은 마음으로 하는 거란다. 너는 이담에 무엇이 되고 싶으냐."

그는 꿰맨 구두 뒷굽을 떼어 붙이며 나를 보았다.

"나는 말을 많이 하는 사람이 되겠어요, 아저씨."

"그건 참으로 어려운 일이지. 무엇보다 먼저 네 마음의 문을 열어놓지 않으면 아무도 네가 말하는 것을 듣지 못한단다."

"왜 집으로 돌아가지 않으시나요."

"아직까지 그들은 내 말을 알아듣지 못할 테니까."

"왜 사람들은 아저씨를 벙어리라고 부르고 있는지 나는 그것을 모르겠어요."

"내가 벙어리가 아니라, 그들이 귀머거리기 때문이다. 자, 다 됐다. 가져가려므나. 이 신발은 이제 새 구두가 되었다. 앞으로 십 년은 더 신고 다닐 수 있겠지."

"얼마를 드리면 될까요."

"아무것도 주지 않아도 된단다, 아가야."

그는 머리를 흔들며 대답했다.

"내가 네 구두를 꿰매준 것은 돈을 받기 위한 것이 아니었다. 난 네구두를 만질 수 있는 것만으로도 즐겁거든. 나는 낡은 구두만도 못한 사람이지. 잘 가거라, 아가야. 내 이야기를 들어주어서 고맙구나."

요즈음 나는 신기료장수가 되고 싶다. 그 누구나 신고 다니는 구두창을 들여다보며 그곳에 징을 박고, 실로 꿰매고 구두 굽을 붙이는 그런 작업을 하고 싶다. 내가 고친 구두를 신고 많은 사람들의 발이 좀 더 편해졌으면 한다. 그들이 원한다면 나는 구두창을 혀로 핥아 그것을 좀 더 깨끗하게 만들고 싶어진다. 나는 인간들의 밑에서 존재하고 싶으며 그들의 때 묻고 낡은 구두를 꿰매고 고치는 것만으로 행복해지고 싶다. 아무런 보수도 받지 않으며, 그러할 때 나는 마음의 문을 열게 될 것 같다. 참으로 어려운 일이다. 어렸을 때 만났던 그 사람이 내게 말했듯이 말을 많이 하고, 더구나 글을 쓴다는 일은 참으로 어려운 일이다. 무엇보다 그에게서 침묵을 배울 일이며, 인간들의 낡은 구두를 내 가슴에 스스럼없이 품을 수 있을 때 나는 비로소 모든 사물과 얘기를 나눌 수 있을 것이다. 나는 신기료장수가 되고 싶다.

내가 하는 말이 한 가닥 실이 되어 낡은 구두의 밑창을 꿰매고 내가 쓰는 글이 하나의 징이 되어 낡은 구두의 밑바닥에 박혀서 걸을 때마다 말굽 소리를 내기 위해서는 침묵의 신기료장수가 될 수밖에 없을 것이다.

이 지상에서 가장 큰 집

그는 이상한 사람이었다.

그는 더러운 개천물이 흐르는 다리 밑에서 태어났다. 그의 아버지는 거지였다. 그의 아버지는 자기의 이름조차 쓸 줄 몰랐다. 그는 자기의 이름을 '노마'라고 불렀다. 그의 아버지는 성도 없었다. 누가 이름을 물으면 그는 대답했다.

"노마."

누가 성을 물으면 그는 대답했다.

"노마."

어디서 누가 그에게 그런 이름을 지어주었을까. 어렸을 때 그는 아버지에게 이름을 지어달라고 떼를 썼었다. 그러자 아버지는 그에게 대답했었다.

"네 이름은 노마다."

"그건 아버지의 이름이 아닌가요."

"그럼 이제부터 너를 작은노마라고 부르자."

이리하여 그는 마침내 이름을 얻었다. 그의 이름은 '작은노마'였다.

그를 낳은 어머니는 미친 여자였는데 그를 낳자마자 그의 온몸에 묻은 피를 고양이처럼 혀로 핥아주며 말했다.

"이 아이는 이담에 지나면 자기의 아이를 마구간에서 낳게 될 거예요."

그해 여름 홍수가 졌다. 한밤중에 그들이 거적을 깔고 있던 다리 밑 숙소로 강이 흘러내렸다. 엉겁결에 다리 위로 올라온 아버지는 엄청나게 불은 개천물에 자기의 아내가 갓 낳은 아이를 가슴에 안고 떠내려가는 것을 보았다.

"살려주세요. 살려주세요."

아버지는 목청껏 소리를 질렀다.

사람들이 몰려나와 장대를 던졌다. 어머니는 간신히 장대 끝을 잡고 이렇게 말했다.

"이 아이부터 건져주세요."

사람들이 손을 뻗어 아이를 건네받자 기진해진 미친 어머니는 그만 붙들었던 장대를 놓고 거센 물결에 휩쓸려 사라졌다. 그리하여 '작은 노마'는 어머니를 잃었다.

그때부터 '작은노마'는 자기의 집을 갖는 것이 소원이 되었다. 어떠한 홍수에도 떠내려가지 않을 집, 비와 바람을 가릴 수 있는 집, 그런 집을 갖는 것이 소망이 되었다.

'작은노마'는 '큰노마'와 둘이서 동냥질을 다녔는데 작은 아이를 데리고 다니는 아버지는 혼자서 비럭질을 할 때보다 많은 음식을 얻을 수 있었다.

아버지는 깡통에 담은 음식 중에서 덜 상한 것, 그것도 맛있어 보이는 것만 먹이고 자기는 몹시 상한 것, 생선의 뼈, 그런 것들만 먹어치웠다.

잠은 아무 데서나 잤다.

처마 밑이건, 들판이건, 숲 사이 나무 밑 둥치건, 그들이 눕는 곳이 그들의 집이었다. 가을이면 밤이슬이 내리고 머리맡에선 땅강아지가 기어 다녔다. 밤에는 별이 무성하게 뜬 하늘이 그들의 이불이었으며, 찬 이슬이 내리는 흙이 그들의 요가 되었다. 베개는 마른 낙엽 가지들을 모아 만들고, 아침 햇살이 부챗살을 펴 들면 그들은 다시 길을 떠났다.

집을 갖는 것이 소원이었던 '작은노마'는 마침내 나뭇잎에 올라가서 잠이 들곤 했었다. 그곳은 습기가 밴 맨땅보다는 편안하고 아늑하였다.

"그곳은 네가 잘 곳이 못 돼."

아버지는 언제나 그렇게 말했다.

"그곳은 집이 아니다. 그곳은 사람이 자는 곳이 아니다. 그곳은 박쥐나 새, 개똥지빠귀 같은 벌레들이나 잠드는 곳이다."

그러나 그는 나무 위에서 잠자기를 포기하지 않았다. 그곳은 그가 꿈꿔오던 집의 다락방 같은 느낌을 불러일으키고 있었다.

"이곳은 2층이에요. 아버지."

그는 나뭇잎에서 소리를 지르곤 했었다.

"아버지는 1층에서 주무시구요."

"잘 자거라."

아버지는 나무 밑에 누워서 2층에서 웅크리고 누운 아들을 보며 다정하게 말했었다.

나무 위는 그가 어릴 때부터 꿈꿔온 지붕 밑의 다락방이었다. 밤하늘에 뜬 달은 그의 다락방을 비추는 형광 램프였으며 별들은 그의 다락방 벽면을 바른 벽지에 새겨진 사방연속무늬의 문양紋樣이었다. 가지에 무성히 자란 나뭇잎들은 그의 다락방 창문에 펼쳐진 커튼이었으며 험하게 뻗어 내린 나무줄기는 다락방으로 올라가는 계단이었다. 가끔씩 나뭇가지로 기어오르는 뱀과 물구나무서서 잠든 박쥐와 새들은 그가 가지고 노는 장난감들이었다.

튼튼해 보이는 나뭇가지에 누워 잠을 청하려 하면 무르익은 달빛에 전구처럼 반짝이는 과일들이 보였는데 그럴 때면 그는 하나하나 과일들마다에 이름을 지어주곤 했었다.

"너는 벽시계. 너는 책상 위의 오뚝이. 너는 자명종. 어김없이 일곱 시면 따르릉거린다. 너는 저금통. 너는 자물쇠……."

그러다 보면 스르르 잠이 들곤 했었는데 다음 날 일곱 시면 어김없이 자명종 역할을 맡은 과일이 제풀에 떨어져 그의 잠을 깨우곤 했었다.

겨울은 추웠다.

풍요했던 그의 다락방은 헐벗고, 썰렁해져 버렸다. 그는 그래도 그 다락방을 떠나지 않았다. 무성했던 나뭇잎 커튼은 어디론가 사라졌으며 뱀 장난감도, 박쥐 장난감도 찾아오지 않았다. 그는 자명종도, 오뚝이도, 벽시계도, 자물쇠도 가지지 못한 다락방의 주인이었지만 딱딱한 나뭇가지의 침대가 있었으므로 언제나 그곳에서 자곤 했었다.

아버지는 그가 겨울이 돼도 나뭇가지에 잠자는 것을 고집하자 생전 처음 자신의 뺨을 때리며 말했다.

"나는 널 때리지 못하겠다. 난 날 때리겠다."

아버지는 자기의 뺨을 때리며 자기가 아파서 자기가 울었다. 그래서 그는 다락방에서 내려왔다. 두 사람은 곧잘 굴뚝 밑을 찾아가서 자곤 했는데 그곳은 군불 지피는 온돌처럼 따뜻했다. 그러나 그는 마악 잠드는 아버지 곁을 떠나며 울면서 말했다.

"아버지. 난 내 집으로 가겠어요. 난 내 집이 좋아요."

겨울에는 때로 눈이 내렸는데 그것은 흰 솜으로 만든 이불처럼 보였으며, 그래서 그는 언제나 좋은 꿈을 꾸고 편안히 잠잘 수 있었다. 아버지는 그가 나무 위에서 잠드는 버릇을 자기 집을 가지고 싶은 어린 욕망 때문이라고 생각하고 있었지만, 실은 또 하나의 숨은 소망이 있었기 때문이었다. 나무 위는 하늘과 그만큼 더 가까웠으며, 하늘과 가까워진다는 것은 죽은 어머니와 더 가까워질 수 있다는 염원 때문이었다.

어느 해 겨울 나무 위에서 잠들었던 그가 아침에 일어나 굴뚝 밑으로 돌아와 보니 아버지는 누운 자리에서 일어나지 못했다. 사람들은 그가 얼어 죽었다고 말했다. 생전 집이라고는 가져보지 못한 노마는 그래도 운이 좋게도 죽어서 자기 키만 한 집을 소유할 수 있었다. 그것은 둥근 떼를 입힌 초가집 같은 지붕도 가지고 있는 무덤이었다. 인정 많은 사람들이 그의 집 앞에 문패도 달아주었다.

아버지가 남겨놓고 간 물건은 찌그러진 깡통과 부러진 안경, 찢어진 담요와 남루한 옷, 그 옷 속에 들어 있는 동전 몇 닢, 그리고 어디선가 주운 찢어진 성경책 한 페이지였다.

그는 글자 하나도 읽을 줄 모르던 아버지가 왜 그 책 한 장을 가지고 있었는지 이해할 수 없었다. 그 역시 글을 읽을 줄 몰랐으므로 그는 그 떨어진 성경책 한 장을 들고 지나가는 사람에게 읽어달라고 부탁을 했다. 그는 읽어주었다.

"공중에 나는 새들을 보아라. 그것들은 씨를 뿌리거나 거두거나, 곳간에 모아들이지 않아도 하늘에 계신 너희의 아버지께서 먹여주신다. 너희는 새보다 훨씬 귀하지 아니하냐. 너희 가운데 누가 걱정한다고 목숨을 한 시간인들 더 늘일 수가 있겠느냐? 또 너희는 어찌하여 옷 걱정을 하느냐. 들꽃이 어떻게 자라는가 살펴보아라. 그것들은 수고도 하지 않고 길쌈도 하지 않는다. 그러나 온갖 영화를 누린 솔로몬도 이 꽃 한 송이만큼 화려하게 차려입지 못하였다. 너희는 어찌하여 그렇게도 믿음이 약하냐. 오늘 피었다가 내일 아궁이에 던져질 들꽃도 하나님께서 이렇게 입히시거늘 하물며 너희야 얼마나 더 잘 입히시겠느냐. 그러므로 무엇을 먹을까 무엇을 마실까 무엇을 입을까 걱정하지 말라……."

그는 그 말의 뜻을 알지 못했다. 다만 누군지도 모르는 하나님이라는 이상한 힘과 이상한 동정심을 가진 사람이 하나 있어, 그는 원하면 먹을 것과 마실 것과 입을 것을 주신다는 말의 구절만은 머리에 인상 깊게 남아 있었다.

그 이후부터 그는 다시는 나무 위에서 잠자지 아니하였으며 지상에서 자기의 집을 가지기 위해서 부단히 노력하였다.

도시로 흘러들어 온 그는 산비탈 언덕 위에 밤새도록 집을 지었다. 다음 날이면 투구를 쓴 사람들이 곡괭이와 망치를 가지고 들어와 그가 하룻밤 사이에 지은 집을 때려 부쉈다. 그는 밤마다 숨바꼭질을 하기 시작했다. 그는 저녁이면 다시 집을 지었다. 이번에는 오래전부터 그곳에 있었던 판잣집처럼 보이게 하기 위해서 판자 위에 콜타르칠을 해보았다. 다음 날 투구를 쓴 사람이 찾아와 그의 집을 때려 부쉈다. 그는 울면서 매달렸다.

"이건 내 집입니다. 제발 내 집에 손을 대지 마세요."

그러나 집은 단숨에 부서졌다.

그는 도저히 투구를 쓴 사람들의 눈을 피할 수 없음을 깨달았다. 그는 자기가 돈을 벌어 집을 짓기로 마음먹었다. 그는 아무것도 할 줄 몰랐다. 아는 사람도 없었다. 읽을 줄도, 쓸 줄도 몰랐다. 자기 나이도 몰랐으며 그가 아는 것은 자신의 이름이 '작은노마' 라는 것밖에 알지 못했다. 그는 일해서 돈을 벌고 싶었다. 그러나 아무도 그에게 일자리를 주지 않았다.

그는 지하도 앞 계단에 앉아서 동냥질을 했다. 그는 자기가 남에게 동정을 받기 위해서는 불쌍하게 보여야 한다는 사실을 깨달았다. 그는 멀쩡한 자기보다 다리를 저는 불구자가 더 동정을 받는 사실을 보았으며 그래서 그는 불구자가 되고 싶었다. 그러나 멀쩡한 다리를 자기 손으로 자를 만한 용기를 그는 가지고 있지 못하였다.

그래서 그는 조용히 앉아 있기만 했었다. 지나가는 사람들이 그에게 동전을 던졌다. 그는 대부분 눈을 감고 앉아 있었는데 사람들은 그래서 그가 앞을 못 보는 장님인 줄로 착각하고 있었다. 남을 속인다는 것은 나쁜 일인 줄 알고 있었지만 그는 어쨌든 눈을 감고 하루 종일 앉아 있었다.

지하도를 올라가는 사람들의 발자국 소리, 내려가는 발자국 소리, 옷 깃이 바지에 스치는 옷자락 소리, 구두가 계단의 금속 부분에 부딪쳤을 때 들리는 쇳소리, 여인들의 날카로운 구두 굽 소리, 무어라고 떠드는 고함 소리, 술 취해 노래 부르는 목소리. 그는 자기 앞을 스쳐 지나가는 사람들이 만드는 소리들을 눈을 감은 상태에서 듣고 있었다. 그들은 가래침을 뱉듯 동전을 던졌다. 그는 동전 소리만 들어도 그 동전의 액수를 알 수 있을 만큼 익숙해졌다.

그는 하루에 한 끼만 먹었으며 그가 동냥질을 해서 모은 돈을 한푼도 쓰지 않았다. 그는 꼬박 오십 년간을 장님 행세를 했다.

그는 실제로 거의 장님이 되어버린 노인이었으며 그는 완전히 허리가 굽었다. 그는 살아온 인생을 모두 집을 사기 위해서 돈을 모으느라고 온 정력을 바쳐왔으므로 그의 어머니가 원했듯이 자신의 아이를 가지지 못했으며, 그래서 '작은작은노마'도 만들어내지 못했다. 그러나 그는 그 희망을 완전히 버린 것은 아니었다.

자신의 집을 갖게 되면 그는 아내를 얻고 아이를 낳으리라고 갈망하고 있었다. 그는 아직 예순일곱 살이었으며 아이는 마땅히 안락한 집과 따스한 방에서 낳아야 한다고 굳게 믿고 있었다.

그러나 그는 너무 늙고 지쳐 있었다. 사람들은 그가 조금 돌아버린 미친 늙은이라고 말들을 했다.

그는 어쨌든 예순일곱 살에 아주 작은 집을 소유할 수 있었다. 나는 그의 집을 가보았다. 나는 그렇게 작은 집을 본 적이 없었다. 그것은 너무 작아서 집의 설계 모형 같아 보였다.

집은 방 하나와 부엌, 그리고 손수건만큼 작은 마당을 갖고 있었다. 방은 그가 누우면 발가락이 문지방 밖으로 나갈 만큼 작았는데, 그래서 그의 집은 집이 아니라 누에고치 같아 보였다. 그래도 그것은 엄연한 집이었다.

그는 마당에 엉경퀴도 심었고 나팔꽃도 심었다. 아침마다 나팔꽃이 피었으며 나팔꽃은 뚜뚜따따 주먹손으로 기상나팔을 불곤 했었다. 그는 벽에 자기 아버지가 남겨준 성경책 한 페이지를 액자에 담아 걸어놓았었다.

키가 아주 작은 노인이었고 또 눈조차 보이지 않았으므로 그 액자를 벽에 붙이기 위해서 못질을 하는 노인을 내가 도와주었는데 그때 그는 웃으며 말했다.

"내 방에 내 손으로 내가 못질을 한다. 아가야. 이 얼마나 즐거우냐."

그는 분명히 액자가 걸릴 만큼 튼튼하게 못을 박았음에도 서너 번 더 못질을 했었다.

그는 자기의 방에, 자기 손으로 못질을 하는 것이 즐거운 듯 보였다. 그래서 그는 방의 벽이란 벽엔 모두 빈틈없이 못질을 하고 돌아다녔다.

거리에서 주운 은행잎도 그는 벽에 걸었으며, 그의 아버지가 물려준 부러진 안경도 벽에 못질을 해서 걸었다.

그가 죽기 전에 할 일은 이제 그의 어머니가 그토록 간절히 원했던 아이를 갖는 일이었다. 달리 무슨 불행한 일만 벌어지지 않는다면 그는 자기가 꿈꾸었던 대로 그 집에서 행복한 여생을 보낼 수 있을 것이었다. 그러나 그가 꿈꿔왔던 행복은 오래가지 않았다. 그는 그 집에서 불과 일주일밖에 살지 못했다.

어느 날 시청에서 투구를 쓴 사람이 몰려와서 노인에게 이렇게 말을 했다.

"이 집을 떠나주십시오. 우리는 이 집을 부숴야 합니다."

"어째서요?"

노인은 울부짖으며 물었다.

"이 집이 무허가 건물인가요?"

"아닙니다. 무허가 건물은 아닙니다만 이 동리가 도시계획구역에 들었습니다. 도시 미관상 우리는 이 집을 부숴야 할 것입니다. 우리는 이곳에 공원을 지을 것입니다. 물론 그에 해당하는 대가는 지불하겠습니다. 동리 주민들이 모두 우리들의 의견에 찬동했습니다. 할아버지만 남았습니다. 여기에 사인을 해주십시오."

"못 해요. 못 합니다."

노인은 단호하게 머리를 흔들었다. 그는 소리 질렀다.

"이 땅은 내 땅이며, 이 집은 내 집입니다. 내가 이 집을 가지는데 얼마나 오래 걸렸는지 아시오. 난 당신이 태어나기 전부터 동냥을 했소."

"할아버지."

그들은 웃으며 말했다.

"이건 집이 아닙니다. 이건 새장입니다. 할아버지는 이제 좀 더 큰 집으로 이사를 할 수 있습니다."

"안 돼."

그는 대답했다.

"아무도 이 집을 부수지 못한다."

그날 밤 그는 지붕 위에 올라갔다. 지붕 위에 달이 걸려 있었다. 그는 무서웠다. 그가 잠든 새 그의 집을 그들이 망치와 곡괭이로 때려 부술까 봐 무서웠다. 그는 문지방을 갉는 쥐들에게도 애원했다.

"가거라. 원한다면 이담에 내가 죽은 뒤 내 뼈를 갉아 먹으렴."

쥐들도 그의 말을 알아들었다. 그래서 그의 집엔 얼씬도 하지 않았다. 동리 사람들은 하나씩 둘씩 마을을 떠났다. 투구를 쓴 시청 직원들이 빈집을 때려 부쉈다. 빈 터에 흙을 고르고 그들은 벤치와 관상수를 심었다. 동물원 우리도 놓았고 공작새를 가두었다. 회전목마도 놓았다. 마침내 모든 집들이 공원이 되었지만 그의 집만은 남아 있었다. 낮이나 밤이나 그는 지붕 위에 앉아서 목쉰 소리로 소리를 질렀다.

"내 집을 부수면 안 된다. 내 집을 부수면 안 돼."

조경造景 공사가 거의 끝날 무렵 시청의 높은 관리 하나가 공사가 제대로 진척되는가를 시찰하기 위해서 찾아왔다. 그는 만족하게 공원을 둘러보다가 미친 할아버지가 지붕 위에 앉아 소리를 지르는 것을 보았다.

"그는 누구인가. 짐승인가. 난 저렇게 인간과 흡사한 짐승을 본 적이 없는데."

"아닙니다."

현장 감독이 난처한 얼굴로 대답했다.

"그는 자기 집을 지키고 있습니다. 자기 집에서 아이를 낳기 전에는 어떠한 조건도 받아들일 수가 없다고 고집을 부리고 있습니다."

"그는 미쳤다. 저 사람 하나 때문에 공원을 망칠 수 없다. 그를 체포해."

그날 밤 한 떼의 사람들이 그를 잡으러 왔다. 그는 죄수를 호송하는 차에 실려 어디론가 끌려갔다. 그의 집을 부수기까지 그를 가둬둘 필요가 있었지만 경찰관들은 그를 가둘 만한 죄상을 발견해 내지 못했다. 그는 뚜렷한 이유도 없이 철창 속에서 일주일을 보냈다. 일주일 후 그를 풀어주며 관리들은 그에게 돈을 주었다.

"이곳에 사인을 하세요. 할아버지."

글을 쓸 줄 모르는 '작은노마'는 내미는 볼펜을 받아 들었다. 그는 자기의 이름을 쓰는 대신, 그 언젠가 어렸을 때 그가 가장 사랑했던 아버지와 동냥을 하며 돌아다닐 무렵, 벽에 씌어 있던 낙서를 흉내 내서 이런 모습을 그렸다.

"♡"

그는 경찰서를 나왔다. 그는 자기 집을 찾아 걸었다. 그는 자기 집을 찾아와서야 왜 그들이 그에게 돈을 주었는지 이해할 수 있었다. 집은 부서져 있었고 그가 평생 그토록 가지고 싶었던 그의 작은 집은 흔적도 없이 사라져버리고 그곳은 공원의 풀밭이 되어 있었다.

그는 자기의 눈이 나빠져서 자기 집을 보지 못한 모양이라고 생각했다. 그는 풀밭을 헤쳤다. 그의 집이 서 있던 자리는 잘 깎은 잔디밭이 되어 있었고 무성히 토끼풀이 자라고 있었다. 그는 좋은 의미로 그 토끼풀 사이에서 네 잎의 클로버를 찾고 있는 사람처럼 보였다.

그의 집은 아주 작아서 그 집을 비우고 난 뒤 받은 돈으로는 이 지상의 어떤 집도 살 수 없었다. 그가 한때 소유했던 집보다도 작은 집은 존재하지 않았다. 그것은 한 잔의 우유와 식빵 두 개, 말린 건어물, 그러고 나서 우표 한 장 살 수 있는 돈에 불과했다.

노인은 생전 처음 그 돈으로 그토록 먹고 싶었던 우유와 식빵 두 개와 말린 건어 한 마리를 먹었다. 그는 그의 집을 먹어버린 셈이었다. 나머지 돈으로 그는 우표 한 장을 샀다.

그러고 나서 그는 결심했다. 그는 힘차게 걸어 공원으로 들어갔다. 그는 자신의 다리를 축軸으로 해서 자기 손이 닿을 수 있는 한도 내에서 그릴 수 있는 최대한의 원을 자기 집이 섰던 자리에 그렸다. 그는 그원의 가장자리에 흰 횟가루를 뿌렸다. 그는 말했다.

"이곳은 내 집이다. 내 방이다. 아무도 들어오지 못한다."

그는 그곳에서 잤다. 그는 양심적인 사람이었으므로 자기 집 이외의 땅은 절대 침범하지 않았다. 아이들이 공놀이를 하다 공을 빠뜨려 그의 집 근처에 가면 그는 소리질렀다.

"얘들아. 멀리서 가 놀아라. 여긴 내 집이란다."

아이들은 할 수 없이 이렇게 애원할 수밖에 없었다.

"미안하지만 할아버지, 할아버지 집에 저희들의 공이 들어갔어요. 좀 주시겠어요."

"멀리 가서 놀아라. 너희들 공이 우리 집 유리창을 부숴뜨릴 것 같구나."

행복한 사람들은 주말이면 아이들을 데리고 공원으로 나와 산보를 했다. 그들은 무심코 그가 앉은 원의 내부로 침범하려 했다. 그럴 때면 그는 소리 질렀다.

"여긴 내 집이오. 썩 나가주세요."

내가 찾아갔을 때 할아버지는 나를 알아보았다.

"어서 와라." 그는 말했다. 그는 슬퍼 보였다.

"집이 너무 작아서 너를 문밖에 세워두는 것을 용서해 주겠니."

"괜찮아요. 할아버지. 여기가 할아버지의 새집인가요."

"암. 그렇지. 여기가 내 집이야."

"할아버지네 집에 편지를 보내려면 어떻게 하지요."

"전번 주소로 편지를 보내면 돼. 헌데 아가야. 이 집엔 못질을 할 벽이 없구나. 난 그것이 제일 슬퍼."

할아버지는 자신의 집 마당에 나팔꽃도 심고 엉겅퀴도 심었다. 그는 배추도 한 포기 심었으며, 아주 작은 채송화를 두 그루 심었다.

"내 꽃밭을 봐라. 얼마나 아름답니. 이담에 씨가 여물면 네게 채송화 씨앗을 주겠다."

그는 누울 수가 없었다. 그의 집 마당은 너무 작았으므로 그는 선 채로 잠들었다.

"2층을 만들어야겠다."

언젠가 내가 또 찾아갔을 때 그는 결의에 찬 목소리로 말했었다. 그는 하루 낮밤을 걸려 사다리를 하나 만들었다.

"어떠냐, 내 이층 다락방 좀 보렴."

그는 계단을 올라 사닥다리 위에 위태롭게 주저앉으며 말했다.

"아주 좋아요. 아주 근사해요. 할아버지."

그는 언제나 사닥다리 위에 올라가서 잠이 들었다. 우리들은 그곳을 다락방이라고 불렀다. 그는 사다리에 그가 산 우표 한 장을 붙였다. 그 것은 그의 집을 유일하게 치장시켜 주는 단 하나의 그림 액자였다. 우표에는 먼 나라의 여왕 초상화가 새겨져 있었다.

나는 지금도 안다. 할아버지는 마침내 자기 집을 가졌다. 그 집에서 지냈던 일주일이 할아버지는 가장 행복했을 것이라고. 행복이란 것이 무엇인가. 그것은 할아버지가 꽃밭을 지나 응접실 문을 열고 거실을 거쳐 2층으로 올라가는 계단에서 잠시 발을 멈추고 먼 나라의 아름다운 여왕의 초상화를 들여다보는 일이 아닌가.

공원 관리 사무소에서 위촉한 한 떼의 투구 쓴 사람들이 노인을 데리러 왔다. 그들은 노인을 차에 실었다. 노인은 소리 질렀다.

"여긴 내 집이야. 신발을 벗고 들어오시오. 마루에 흙물이 묻어요."

그러나 그들은 신발을 벗지 않았다. 그들은 군화를 신은 발로 그가 애써 가꾼 꽃밭을 짓밟았다. 두 그루의 채송화가 무참하게 죽었고, 나팔꽃은 이미 시들어 있었다.

"내 꽃밭. 아, 아, 내 꽃밭을 밟지 말아요."

그들은 노인을 떠메고 어디론가 사라졌다. 마악 사라질 무렵 노인은 울면서 나를 보며 말했다.

"아가야, 저 2층의 다락방을 네게 주겠다. 네가 그것을 가지렴."

할아버지는 다시 돌아오지 않았다. 나는 할아버지의 사닥다리를 메고 집으로 돌아왔다.

지난 토요일 나는 두 아이를 데리고 오랜만에 그 공원에 가보았다. 공원엔 수많은 사람들이 나와 해바라기를 하고 있었다. 아이들은 경마장의 경주용 말처럼 뛰놀고 있었고, 아버지들은 갓 태어난 아이들을 목마를 태우고 휘파람을 불고 있었다. 여기저기서 깔깔대는 웃음소리가 쩡쩡 울려 퍼지고 있었고 사진을 찍는 아버지들의 모습이 바삐 보였다. 카메라 렌즈 앞에서 억지 웃음을 지어 보이는 아이들은 입에 치약 거품을 물고 있는 것처럼 보였다.

나는 할아버지의 집을 가보았다. 그곳은 여전히 푸른 잔디밭이었다.

내 아이들이 잔디밭을 뛰놀며 나를 불렀다.

"아빠, 이리 와서 함께 놀아요."

나는 생전 처음 할아버지의 울타리 안으로 들어가 보았다. 집도, 그 집의 주인도 사라져버린 빈 마당엔 토끼풀과 꽃들이 무성히 자라 있었다. 토끼풀 위에 자란 흰 꽃들은 밤에 그가 빨아 넌 빨래들처럼 보였다. 나는 그 꽃을 따서 아들 손목에 팔시계를 차주었다.

딸아이에게는 꽃반지를 만들어주었다. 아이들은 너무나 행복해서 말했다.

"아빠는 못 만드는 게 없네. 토끼풀꽃 가지고 시계도 만들고, 반지도 만들고."

우리들은 해 저물도록 네 잎을 가진 토끼풀을 찾았다. 나는 한 개도 찾지 못했는데 딸아이가 세 개를 찾았다.

"아빠, 이건 아빠에게 주는 행운의 선물이에요."

나는 무심코 황혼빛이 빛나는 그의 빈 집터를 내려다보았다.

아, 아, 할아버지는 아직은 풀밭에 너무나 많은 것을 가꾸고 계신다. 지금은 흔적도 없이 사라져버린 그의 꽃밭에 바람으로 찾아와 물도 주고 손수 비를 뿌리면서. 저 바람에 여리게 흔들리는 토끼풀의 꽃을 보아라. 너는 그 꽃 한 송이에는 미치지 못한다. 가만히 들어보렴. 바람들이 풀의 현絃들을 뜯고 스쳐 지나간다. 그들은 하프 소리를 내고 있었다. 그리하여 풀들이 엮은 초금草琴으로 아름다운 노래를 연주하고 있다.

"그러나 온갖 영화를 누린 솔로몬도 이 꽃 한 송이만큼 화려하게 차려입지 못하였다."

나는 아주 어렸을 때 할아버지의 집 벽에서 읽었던 성경 구절 하나를 떠올렸다.

그렇다. 이 모든 것이 모두 그의 것이다. 우리의 것이 아니다. 우리들은 그의 집의 한 칸을 빌려 쓰고 있을 뿐이다. 이 우주는 모두 그의 집이다.

그날 밤 산보를 마치고 돌아온 내게 아내가 말했다.
"여보, 저 그림 좀 벽에 붙여주세요."
아내는 상점에서 사온 영화의 복사화를 가리키며 말했다. 키가 닿지 않았으므로 창고에서 사다리를 가져왔다. 까마득히 오래전에 그 할아버지에게서 물려받은 사다리였다. 나는 사닥다리 위에 올라서서 못질을 했다. 나는 그날 밤에야 처음 그의 2층 다락방에 올라가 본 셈이었다. 나는 그의 다락방에서 충분히 액자가 걸릴 만큼 튼튼히 못질을 했음에도 불구하고 서너 번 더 망치질을 했다.
그 옛날, 어렸을 때 그가 내 앞에서 그러했듯이.(《문학사상》82. 3)

술래 눈뜨다

전상국

1940년 강원도 홍천 출생.
경희대학교 문리대 국문과 졸업.
1963년 《조선일보》 신춘문예에 단편 〈동행〉이 당선되어 등단.
1977년 현대문학상, 1979년 한국문학작가상,
1980년 대한민국문학상·동인문학상, 1988년 윤동주문학상,
1990년 김유정문학상, 1996년 한국문학상, 2000년 후광문학상 수상.

술래 눈뜨다

평산平山에서 남천읍으로 뻗은 시오리길 신작로는 늦봄의 따가운 햇볕 속에 조는 듯 누워 있었다. 간밤 한 차례 내린 비로 길바닥이 조금씩 패어 나가긴 했어도 워낙 자동차가 드물고 인적이 없는 길이라 길바닥에 냉이, 질경이 등 잡초가 듬성듬성 돋아나 있는 형편이었다.

좋은 날씨였다. 멀고 가까운 산들이 그 나름의 위용을 떨치며 역시 간밤의 비에 씻긴 탓인가 한결 선연하고 쾌적한 빛깔로 다가섰다. 아직 산그늘에 잠긴 골짜기는 맞은편 산비탈에 쏟아져 내린 햇빛의 반사로 더욱 검푸른 빛깔을 띠었다. 그 자오록한 산그늘 속에서 뻐꾸기 한 쌍이 솟구치듯 날아올랐다간, 다시 그 숲 속으로 까부라져 내렸다. 그러고 보니 산속이 온통 새소리로 왁자했다. 어디쯤 새매라도 떴단 말인가, 누나와 나는 약속이나 한 듯 고개를 쳐들었다.

"와, 매 봐라!"

내가 소리쳤다. 누나도 그것을 본 양 자지러지는 소리를 냈다. 쩡쩡 해맑은 하늘에 송골매 한 마리가 유유히, 그러나 이미 표적을 겨냥한 음험스러운 날개를 쫘악 편 채 산그늘 위를 몇 바퀴 선회하는가 싶더니, 아니나 다를까 고꾸라지듯 숲 속으로 떨어져 내렸다. 그러자 오히려 그처럼 왁자하던 산새들이 숨을 죽여버렸다.

"누나야, 우리 내기하자!"

누나는 새매가 고꾸라지듯 내려 꽂힌 숲 속만 쳐다보면서 겁먹은 표정으로 어깨를 동그랗게 오므리고 있다가 내가 뒤에서 등을 치자 화들짝 놀랐다.

"얜!"

누나는 검정 치마에 옥양 저고리를 가쁘하게 받쳐 입고 있었다. 머리는 단발이었다. 누나가 싫다는 걸 어머니가 굳이 그렇게 해버렸다. 그 치렁치렁한 머리채를 잘라내던 날 누나는 이불을 뒤집어쓰고 오래오래 울었다. 누나 또래의 여자 애들이 단발을 한 것을 나는 어디에서고 본 적이 없었다. 그러나 어머니는 그렇게 했다. 누나를 실제 나이보다 앳되게 보이려 했던 것이다. 사실 깡똥 잘라버린 머리밑이 하얗게 드러난 누나의 갸름한 얼굴은 열두 살 누나의 나이보다 한결 어려 보였다.

"누나야, 우리 눈 감고 누가 많이 걸어가나 내기하자."

나는 고집스럽게 누나를 졸라댔다. 신작로를 그냥 타박타박 걷기가 단조롭다고 느낀 때문이다.

"싫다. 난 눈 감으면 어지러워서 그런 거 안 할래."

"그래두 하자."

"싫대두. 눈 감고 걷다가 저 아래로 굴러 떨어지면 으쩔려고 그러냐?"

"그러니까 재미있잖아. 안 떨어지려면 저쪽으로 천천히 가면 될 껜데."

"그러면 내가 지잖아?"

누나는 두어 걸음 앞서 내달으며 싫다는 몸짓을 했다. 누나는 뭔가 다른 생각에 곰곰 잠겨들려고만 했다.

"겁쟁이, 안 해두 좋아. 그러면 나 혼자 할 거야."

나는 눈을 꽉 감은 다음 두 팔을 과장스럽게 내두르며 걸었다.

"얘, 덕수야, 글루 가면 위험하다니까!"

누나는 기겁을 하면서 눈을 감고 씽씽 내닫는 내 적삼 등가죽을 잡는다. 나는 누나의 손길을 짐짓 뿌리치며 더욱 과장스러운 몸짓으로 내달았다. 신작로의 움푹 팬 곳을 헛디뎌 허청 몸 중심을 잃을 뻔했다. 그러나 나는 고집스레 눈을 뜨지 않았다.

눈을 감고 있으려니 문득 마을에서 아이들과 술래잡기 놀이를 하던 생각이 났다. 저녁이었다. 내가 술래였고 다른 아이들은 저마다 숨을 곳을 찾아 뿔뿔이 흩어졌다. 나는 우리가 방을 빌려 사는 집 헛간 기둥에 이마를 대고 눈을 감았다. 술래는 기둥에 이마를 댄 채 눈을 떠서도 뒤를 돌아다 보아서도 안 된다. 하나 둘 셋 넷…… 큰소리로 숫자를 세어야 아이들이 어디 가까운 데 숨어도 그 기척을 알 수가 없는 법이다. 나는 그대로 했다. 그래도 나는 먼 데 가까운 데 있는 아이들을 잘도 찾아냈다. 그러나 나머지 한 아이가 보이지 않는다. 우리가 방을 얻어 사는 집 주인 아들이었다. 나보다 한두 살 위였다. 장독대도 가보았고 잿간에도 부엌에도 사립문 밖 콩 낟가리 속도 뒤져보았지만 그 애는 없었다. 꼭꼭 숨어라 머리카락 보인다. 아이들이 손뼉을 치며 숨바꼭질의 흥을 돋구었고 나는 약이 바싹 올랐다. 꽤 오래 찾아 헤매다가 나는 무심코 그 애네 안방 문을 열어보았다. 어이없는 일이었다. 그 애가 자기네 집 식구들 틈에 끼어 저녁을 먹고 있었다. 내 눈과 마주친 그 애가 퉁명스레 내질렀던 것이다. "이 새끼야, 나 숨바꼭질 안 해." 그것은 내가 처음으로 맛본 배신이었다.

"덕수야, 너 정말 큰일 나려구 그러는구나!"

누나가 짐짓 암팡진 소리로 꾸짖는다.

"큰일 나면 어때. 난 떨어져두 좋아."

"죽는데두?"

"죽어두 좋아."

나는 더욱 자포자기한 발걸음을 했다.

"덕수야, 너 지금 눈뜨고 걷는 거지?"

누나가 내 곁으로 따라붙으며 내 얼굴을 살피는 기색이었다. 나는 더욱 눈을 지질러 감았다.

"너 어디까지 그러구 갈 거니?"

"남천까지!"

"남천 애들이 장님이라고 놀린다."

"난 장님이야, 누나."

누나의 피슬피슬 웃는 소리가 들렸다.

"너 장님 되면 아버지두 못 볼 텐데?"

"못 봐두 좋아."

"정말이니?"

"그래 정말이야. 난 아버지 같은 거 안 봐두 돼."

"얘가! 그럼 지금 뭣하러 남천엘 가는 거니?"

"어머니가 갔다 오랬으니까 그냥 가는 거지."

"아까 약속은 어떡할 거구?"

"난 몰라."

나는 더욱 기세 좋게 핑핑 내달았다. 아버지 같은 거 안 봐도 좋았다.

내가 더 어렸을 적의 아버지는 그냥 무서운 존재였다. 그리고 조금 철들기 시작한 지금은 아버지 같은 건 없어도 되는 그런 존재였다. 어머니가 그러한 내 태도를 꾸짖곤 했다. 어머니는 아버지를 우습게 보려는 나 때문에 무척이나 속이 상하는 것 같았다. 어머니는 아버지에 대해서 불손한 언사를 하는 걸 결코 용서하지 않았다. 나는 그 때문에 여러 번 종아리를 맞았다.

"덕수야, 너 지금 누구하고 내길 하는 거니?"

나는 대답하지 않았다. 그냥 침을 찍 내뱉었을 뿐이다. 그 자식이 자꾸 머리에 떠오르는 것이다. 숨바꼭질하다가 천연덕스럽게 밥을 먹고 앉았던 그 자식의 뻔뻔스러움.

어쩌면 우리는 이번에도 또 아버지가 살고 있는 집 근처에서 그냥 돌아올는지 모른다. 누나가 좀 전에 제안한 그런 일은 아마 일어나지 않을 것이다. 아버지를 만나다니, 그런 일이 어떻게 있을 수 있겠는가 말이다.

우리는 지금 아버지를 만나러 가는 것이 아니라 아버지의 소재를 확인하러 가는 것뿐이다. 어머니가 확인한 것을 다시 우리들에게 확인시키고 싶었기 때문이다.

"덕수야, 혼자서 하는 내기가 어딨니?"

누나가 눈 감고 내닫는 내 등허리를 다잡아 쥐며 치근거린다.

"그럼 누나두 눈 감고 걸어!"

"눈 안 감고도 내길 할 수가 있는데."

"어떻게 하는 거야?"

나는 아직도 눈을 감은 채 누나 쪽으로 몸을 돌린다. 실상은 반쯤 눈을 떠 뛰다시피 걷느라 얼굴이 발갛게 상기된 누나의 얼굴을 보았다.

"눈떠 봐. 이렇게 하는 거야."

누나가 고개를 뒤로 발딱 젖혀 하늘을 쳐다보며 천천히 걷는다. 걸음이 몹시 불안정스럽다.

"그까짓 거, 나도 할 수 있다."

나도 누나처럼 고개를 젖히고 하늘을 쳐다본다. 감았던 눈에 쩡쩡 맑은 하늘이 너무나 시리다. 어지럽다. 걸음이 사뭇 느리고 허청거린다.

"힘들지?"

누나가 아직 고개를 젖힌 채 묻는다.

"힘 안 들어!"

"덕수야, 가만히 하늘을 쳐다봐라. 하늘에도 땅처럼 길이 있다. 그걸 보면서 걸어야 해."

나는 걸음을 멈추며 누나가 말한 하늘의 길을 찾는다.

"쳇, 길이 어딨어?"

"있다. 아버지랑 어머니 얼굴을 하늘에 떠올리면 거기 길이 보여."

"쳇, 누나 엉터리."

"덕수야, 그렇게 해봐. 정말인걸."

나는 고개를 젖힌 채 힐끗 누나를 곁눈질했다. 누나는 열심이었다. 정말 하늘에 있는 무엇을 보고 있는 것처럼 경건한 얼굴 표정이었다. 어머니, 다녀오겠어요. 누나는 어머니한테 언제나 공손했다. 어머니가 아버지에 대해서 무엇인가 우리에게 들려줄 때면 몸을 단정히 하고 엄숙한 자세로 열심히 들었다. 아버지가 그런 일을 하셨군요. 누나는 그처럼 어머니의 말 중간에 감탄 어린 말을 껴넣곤 했다. 누나는 그런 면에서 나이에 비해 퍽 조숙한 편이었다.

"아이고 어지러워."

누나가 먼저 고개를 내렸다. 누나의 이마에 땀이 송글송글 배어 나와 있었다.

"난 안 어지러워."

나는 힐끗 누나의 이마를 훔쳐본 다음 다시 고개를 젖힌 채 먼저 자세대로 걷기 시작했다.

"덕수야, 이제 고만 해라. 내가 졌다. 난 너 모르게 두 번씩이나 땅을 봤거든."

"난 한 번두 안 봤어!"

"그래, 네가 이긴 거야."

누나는 언제나 그랬다. 내 비위를 단 한 번도 거슬러본 적이 없었다. 모든 걸 나한테 양보했다. 어머니를 그대로 빼닮은 것이다. 그러나 누나는 어머니와 달랐다. 결국 이기는 것은 누나였기 때문이다. 어머니는 지레 뒤로 멀찍이 물러서서 영원히 패배한 꼴로 주저앉는 편이라면, 누나는 물러서는 척하면서 실상은 남보다 앞에 나가 버티고 서 있는 것이었다. 그것이 항상 나를 약오르게 했다. 하늘에 두 줄의 하늘 길이 보인다든가 나 모르게 두 번씩이나 땅을 봤다고 고백하는 따위. 그러나 나는 하늘에서 아무것도 볼 수 없었으며, 사실은 누나보다 더 많이 땅을 내려다보았던 것이다.

"덕수야, 네 말대로 기차를 타고 갈걸그랬지?"

멀찍이 건너다보이는 산비탈 경의선 철길로 칙칙폭폭 수증기를 뿜어대며 그림처럼 내닫고 있는 기차는 고작 세 칸의 객실을 매달고 있어 뭉툭하게 잘려 나간 벌레처럼 앙증스럽게 보였다.

집을 나올 때 불과 한 정거장인 거리지만 우리들은 기차를 타기로 했었던 것이다.

—누가 기차에서 아무갯집 애들이 아니냐고 묻거든 아니라고 잡아떼야 한다.

어머니는 언제나 그런 당부를 했다. 그것은 당부가 아니라 협박이었다. 남들이 느덜을 알아보면 안 좋아서 그러는 거다, 매사 조심해야 한다.

언제부터인가 어머니는 사람들을 겁내고 있었다. 밖에 나갈 때면 수건을 깊숙이 눌러쓰고 그 행색을 일부러 남루하게 했다. 막상 아버지가 보아도 못 알아볼 그런 행색이었다.

고향을 떠나면서부터 어머니는 그처럼 남의 눈을 피했다.

우리 세 식구가 대호리를 뜬 것은 해방 그 이듬해 여름이었다. 팔에 붉은 헝겊을 두른 사람들이 탑골 할아버지 집을 빼앗을 즈음이었다. 우리들은 탑골의 그 집을 할아버지의 집이라고 부르고 있었다. 할아버지와 할머니, 그리고 다리를 저는 삼촌과 우리 집의 단 하나뿐이었던 고모는 이제 그 마당 넓은 탑골 기와집에서 살 수가 없었다.

—이럴 수가, 이럴 수가, 이놈들이······.

할아버지의 논을 사람들이 다 빼앗았다고 했다. 몇 달 만에 모습을 나타낸 아버지가 그렇게 하도록 허락을 했다는 것이다. 이럴 수가, 이럴 수가······. 할아버지는 식음을 끊고 누워버렸다.

그때 나는 다섯 살이었다. 뭔가 이해할 수 없는 커다란 일이 모든 것을 엉망진창으로 만들어놓고 있다고 막연히 생각했을 뿐이다. 나보다 두 살 위였던 누나는 그래도 일의 낌새를 안 양 겁먹은 얼굴로 어른들을 피해 다녔다. 아버지를 피해 후원 별채 옆 장독대 뒤에 숨은 어머니가 눈물을 떨굴 때면 누나도 따라 우는 모양이었다.

—아가, 어쩔 수 없구나. 며칠 만이라도 애들 외가에 가 있어야겠다.

할아버지가 머리에 수건을 동인 채 다 죽어가는 소리로 말했다. 할아버지는 그 며칠 사이에 팍삭 늙어버렸던 것이다.

—아버님.

어머니는 울고 있었다. 그러나 나는 어머니가 소리 내어 우는 것을 단 한 번도 본 적이 없다. 어깨를 들먹여 흐느끼지도 않았다. 그냥 몸 자세를 단정히 하고 앉아 고개를 숙인 채 눈물만 떨구었을 뿐이다.

—사돈댁네도 난가가 안 됐겠느냐마는 그래두 예보다야 편하지 않겠느냐.

어머니가 고개를 들었다. 그리고 또랑또랑한 말소리로 말했다.

—아버님, 이제 부촌엔 안 가겠습니다.

—그럼 여기 그대로 있겠다는 게냐? 그 미친 것이 맘 바로잡기 전에야 네가 편히 지낼 데가 못 되는 거구먼서두.

아버지가 어머니를 쫓아냈던 것은 그해 봄이었다. 어머니의 장롱이며 화장대가 부촌으로 실려갔다. 아버지가 사람들을 데려다가 어머니의 세간살이들을 마당에 가득 쌓아놓았다. 마을 사람들이 구름처럼 모여들었다. 내 어린 눈에도 아버지는 무척 침착해 보였다. 사람들을 시켜 그런 일을 해내면서도 어머니를 향해 단 한 마디 입도 떼지 않았다. 할아버지가 그렇게 고함을 질러대도 아버지는 눈 하나 깜박이지 않고 자기 할 일을 다 해내고 있었던 것이다.

우리 집 대문 앞에 모여 선 사람들이 수군거리는 말소리 속에서 나는 몇 마디를 기억한다. 나이 많은 할아버지의 말소리였다.

—저 사람, 저 죌 다 어떻게 받으려고 저러는가 모르겠네.

다른 소리가 그 말을 받고 있었다.

—저쯤 됐을 때야, 저 사람 말대루 뭔 일이 있긴 있었을 걸세. 그러지 않고서야 원.

—이런 육실헐, 일은 뭔 일. 딴 여자 들어앉히려고 소박 놓는 거여.

—이유 없이 쫓겨날 여자가 이 세상에 어디 있을까.

—쫓아내려고 했을 때야 그만 한 트집 못 잡았겠나. 두 사람 다 높은 공부 한 사람이여.

어린 기억 속이지만 나는 어머니가 아버지한테 큰소리로 말하는 걸 들어보지 못했다. 아버지가 뭔가 어머니한테 주장하려고 들 때면 어머니는 잠자코 고개만 숙이고 있었다.

어떻든 그해 봄 어머니는 우리들 둘을 데리고 부촌리 외갓집으로 향했다. 그때도 할아버지가 어머니를 설득했던 것이다. 아버지가 지금 제정신이 아니니 잠깐만 가 있으란 거였다. 어머니는 그때 혼자서 가겠다고 했었다. 그러나 할아버지가 굳이 우리 남매를 동행시켰다.

—애들 데리고 바람이나 쐬고 오란 거다.

어머니는 날이 어둡기를 기다려 우리 남매를 데리고 집을 나섰다. 할아버지와 삼촌들의 배웅을 받으며 휘휘 집을 둘러보는 어머니의 눈에 눈물 같은 건 보이지 않았다. 고모가 함께 가겠다고 나섰다. 할아버지의 뜻이기도 했다.

고모가 다섯 살이나 된 나를 들쳐 업었다. 어머니의 손에서 띠를 빼앗아 그것으로 휘휘 내 궁둥이를 감싸 동여맨 다음 부쩍 추켜올렸다.

그러나 어머니는 박수고개를 오르기 전 고모와 저만큼 멀어져서 서로 손을 맞잡고 오래오래 얘기했다. 나는 고모의 등에서 내려 누나와 함께 박수고개 밑으로 흐르는 뱀내 강물을 내려다보고 있었다. 초저녁부터 떠오른 달빛에 뱀내 강물이 반짝반짝 빛나고 있었다.

—은하하고 덕수는 고모를 따라 집에 가 있거라.

어머니가 우리들 뒤에 와 있었다.

—내 외가댁에 갔다가 두 밤만 자고 올 게다.

어머니는 우리 남매의 손을 하나씩 잡았다. 그 손이 그렇게 찰 수가 없었다. 나는 어머니를 떨어지는 것이 싫었다. 그래서 징징 울었다. 어머니가 내 몸을 가만히 품속에 품었다가 금세 풀었다. 그때 나는 어머니의 눈에 그렁그렁 괸 눈물을 보았다.

누나와 나는 고모의 손에 끌려 탑골로 돌아오고 있었다. 우리들은 달빛 속 희끄무레한 어머니의 모습이 안 보일 때까지 자꾸자꾸 돌아다보았다. 내가 소리 내어 울었을 것이다. 뭔가 아득한 절망 같은 것이 온몸을 휩쌌다.

—에민 갔나?

우리들은 소스라치게 놀랐다. 탑골과 비석거리로 들어가는 삼거리 길 한가운데 바위가 하나 있었다. 바로 그 바위 위에 할아버지가 서 있었던 것이다.

—그래, 잘 했다. 니놈들이 전부 가면 이 할애비가 뭔 재미에 살겠느냐.

할아버지의 목소리가 다른 때와 달리 축축하게 가라앉은 것이었다. 고모가 계속 울고 있었기 때문인지도 모른다.

—자, 덕수는 할아버지가 업고 가야 하겠다.

할아버지가 그 넓적한 등을 내게 돌려 댔다. 내가 거기 덥석 업혔다.

그 순간이었다. 고모가 훌쩍이던 울음을 딱 그치며 화들짝 놀라는 것 같았다. 고모의 땋아 늘인 머리채 끝의 댕기꼬리가 허리춤께서 덜렁 움직였다.

—은하야, 너 띠 못 봤니?

고모가 다급한 목소리로 물었다. 나는 할아버지의 등에서 고모의 무엇에 놀란 듯한 얼굴이 어머니가 넘어갔을 박수고개 쪽으로 향한 걸 보았다.

훗날 나는 어머니를 살려낸 것이 댕기 꼬랑이를 길게 늘어뜨렸던 그 고모 때문이라고 생각했다. 어쩌면 그 삼거리까지 어머니를 배웅 나왔던 할아버지가 내게 그 등을 돌려 대 나를 업었기 때문이었는지도 모른다. 그때 고모는 나를 업었던 띠가 없어진 걸 알아냈던 것이다.

그해 가을 토지 개혁인가 하는 일로 할아버지네 집이 쑥밭이 되자 우리 세 식구가 부촌 외갓집으로 떠나갈 때도 할아버지는 머리에 수건을 동여맨 채 그 삼거리까지 배웅을 나왔던 것이다.

그러나 어머니는 그날 첫 번째 쫓겨날 때처럼 박수고개 초입에서 우리 남매를 되돌려 보내지 않았다. 그렇다고 우리 세 식구가 할아버지가 시키는 대로 부촌 외갓집으로 간 것도 아니었다.

이미 빨간 딱지가 붙은 할아버지의 그 집을 떠나기 전 어머니는 할아버지한테 말했던 것이다.

—아버님, 애들과 함께 애아범을 찾아가기로 했습니다.

아버지를 추적하는 우리 세 식구의 떠돌이 생활은 그렇게 시작된 것이다.

"기차에는 각처 사람들이 다 타고 있단다."

우리들이 남천으로 가기 위해 집을 나올 때 어머니는 또 한 번 주의를 주었다. 우리들이 기차 타기를 포기하기를 바라서였는지도 모른다.

"기차 안 타면 안 갈 거야."

나는 기차를 타고 싶었다. 남천읍까지 한 정거장을 가는 게 아니라 사방이 산으로 꽉 막혀 도가니처럼 우묵한 이 평산을 훌훌 벗어나 한없이 떠나고 싶었는지 모른다.

평산에 이사 온 지 겨우 삼 개월 남짓했지만 나는 평산이 그렇게 싫을 수가 없었다. 먼저 살던 동네의 애들 얼굴만 자꾸 떠올랐다. 어쩌면 숨바꼭질을 하다가 밥상을 끼고 앉아 숨바꼭질 안 한다고 하던 그 주인집 애가 그처럼 미웠는지도 모른다.

"여기서 시오리밖에 안 되니까 걸어서 가두 얼마 안 걸릴 텐데."

역으로 나가는 길에 누나가 말했다. 그러나 또 엉뚱같이 말하기도 했다.

"타고 싶으면 타고 가도 좋아. 기차를 처음 타는 애들한텐 그게 얼마나 신기하다고!"

그랬다. 우리들이 고향 이천면을 떠나 평강역까지 오는 데 꼬박 이틀이 걸렸다. 평강역에 이르렀을 때는 고향 떠나 객지에 왔다는 두려움보다 기차를 처음 탄다는 흥분으로 가슴이 터질 것만 같았다. 그러나 막상 기차가 움직이기 시작했을 때는 미지의 세계를 간다는 두려움으로 가슴이 달달 떨렸다. 어머니와 누나의 얼굴에 나타난 그 침울한 그늘이 내게 형언하기 어려운 슬픔을 안겨주었다.

―아버지가 안변이란 데 계신단다. 우린 지금 거길 가는 길이야.

우리 세 식구의 희망이며 표적이었다.

고향을 떠나면서부터 어머니는 아버지의 행선지만을 수소문했다. 어린 나에게는 어머니의 그러한 집념이 불가사의한 것일 수밖에 없었다. 당신을 버린 지아비를 그토록 찾아내야 할 이유가 무엇이란 말인가.

―너희들 아버지는 훌륭하신 분이란다.

아버지가 일본에서 돌아오기 전부터 우리 남매는 그 말이 귀에 못이 박히도록 들었다. 그때 누나는 아버지의 얼굴을 잘 기억해 내지 못했다. 더구나 어머니의 뱃속에 있을 때 일본으로 건너간 아버지는 내게 있어서 전연 모르는 사람이었던 것이다. 그런데도 어머니는 우리들에게 매일매일 훌륭한 아버지를 강조했다. 우리 남매는 아버지만 생각하면 저절로 가슴이 부풀어올랐다.

어머니에게 아버지가 전부이듯 할아버지나 다른 식구들, 심지어는 이웃 사람들까지 아버지에 대해서 초점을 모으고 있었다. 얼굴 한 번도 못 본 아버지에 대해서 아주 어렸을 적부터 그만한 경외심을 갖기란 힘든 일이다. 그런데도 어머니는 우리 남매에게 아버지란 존재를 절대적인 것으로 못 박아버렸다.

집안 어른들이 술렁거리기 시작한 것은 아버지가 일본에서 돌아왔다는 소식이 전해 온 뒤부터였다. 아버지가 돌아왔다는데 오히려 어른들의 얼굴은 침울해 보였다. 어머니의 얼굴 역시 그늘이 걷히지 않았다.

—아버지가 왜 집에 안 오셔요?

내 기억에는 누나가 그렇게 물었던 것 같다. 어머니가 대답했을 것이다.

—아버진 바쁘시단다.

—일본 순사가 무서워 그런 거지?

어리지만 영리한 누나가 어머니한테 그렇게 물었을 것이다. 그때 할아버지의 집에 일본 형사가 자주 드나들었기 때문이다. 내가 기억하는 것은 그들이 누나와 나를 매우 귀엽다는 듯 머리를 쓰다듬어 주던 일이다.

이 세상에서 가장 훌륭한 우리 아버지가 저처럼 좋아 보이는 일본 형사들을 무서워한다는 것이 이상한 일이었다. 그러나 어머니는 어린 우리들을 앞에 놓고 무엇인가 열심히 설명했던 것 같다. 일본 사람들이 우리의 적이라는 것, 우리의 모든 것을 빼앗아 간 그들로부터 우리의 것을 되찾아 내기 위해서 아버지가 싸우고 있다는 것, 그러나 지금 그들의 힘이 너무 세기 때문에 아버지가 몰래 숨어 다니며 싸워야 한다는 것 등을 얘기했을 것이다.

어느 날 밤 우리 남매는 우리들을 내려다보고 있는 초췌한 얼굴의 한 남자를 보았다.

—일어나거라. 아버지가 오셨단다.

그렇게 활짝 피는 어머니의 얼굴을 본 적이 없었다. 어머니는 꽃 같았다. 계속 웃고 있는 것처럼 보였다.

—애들이 많이 컸군.

안경을 쓴 그 남자가 부스스 일어나 앉은 내 볼에 그의 손을 댔다. 그 손이 몹시 차갑게 감촉됐다. 그가 누나의 몸에 손을 대려고 하자 누나가 뒤로 물러앉았다.

―애들이 당신을 많이 닮았군. 특히 쟤가 더 그래.

그 남자의 목소리가 이상하게 심드렁한 것처럼 들렸다. 누나의 이름이 있는데도 쟤라고 불렀기 때문이었는지도 모른다.

―안 그래요. 애들이 모두 아버질 닮았다던대요.

이상하게 어머니는 달떠 있었다. 그러나 그 남자는 그 문제에 대해 더 이상 말하지 않았다. 우리들에게서 눈길을 걷어 가버렸던 것이다. 그는 일어서고 있었다.

―애들한테 날 봤다는 얘길 못 하도록 하시오.

방을 나가면서 그 남자가 어머니한테 남긴 말이었다.

아버지와의 첫 상면은 그렇게 이루어졌다. 우리들이 생각했던 이 세상에서 가장 훌륭한 사람에 대해 실망할 겨를을 어머니는 주지 않았다. 훌륭한 아버지가 그처럼 자신의 몸을 돌보지 않으면서 하지 않으면 안될 크고 대단한 것에 대해 어머니가 좀 전의 그 밝은 얼굴로 설명했던 것이다.

우리나라, 우리 민족, 우리의 조상. 내게 있어서 그러한 말들은 전연 이해가 되지 않았지만 우리 아버지가 그러한 것을 나쁜 사람들로부터 되찾는 일을 한다는 것만은 어렴풋이 이해가 갔다.

그리고 내가 두 번째 본 아버지는 할아버지의 방에서 일본 사람들한테 잡혀가는 모습이었다. 집안이 떠들썩해 잠을 깼던 것이다. 고모가 소리 내어 울고 있었다. 그 고모의 울음소리가 아니었더라면 집안은 쥐죽은 듯 조용했을 것이다. 누나와 내가 방문을 열었을 때는 아버지가 그 사람들에게 둘러싸여 마악 대문을 나서고 있는 참이었다. 우리들이 문을 여는 소리에 아버지가 뒤돌아보았을 것이다. 아버지는 누나와 나를 향해 고개를 끄덕거려 보였다. 얼굴에는 보일 듯 말듯한 미소가 떠올라 있었다. 그것이 누나와 내가 아버지로부터 처음 얻어낸 사랑이었던 것이다.

그러나 아버지는 우리들 어린 가슴에 뿌리내리기 시작한 귀중한 사랑의 씨앗을 짓밟아 버렸다.

해방이 되면서 아버지는 우리들로부터 떠나갔다. 아버지가 그처럼 어렵게 찾아낸 크고 위대한 것이 우리들에게 아버지를 빼앗아 갔던 것이다.

훌륭한 아버지는 해방이 되자 몹시 바빴다. 매일매일 찾아오는 사람들을 만나야 했고, 또 어느 날 일어나 보면 아버지는 집을 떠난 뒤였다. 우리들은 얼굴 보기가 힘들었다.

—훌륭한 사람은 저렇게 바쁘시단다.

어머니가 손님 접대로 바쁜 사이사이에 그런 뜻이 담긴 눈길로 우리 남매를 어루만져 주었을 것이다. 나라를 찾고도 모자라 더 큰 것을 찾아 나선 아버지를 우리들에게 이해시키기 위해서 어머니는 얼마나 고심했을 것인가.

해방 그 이듬해 봄 아버지가 어머니를 쫓아낸 그 사건만 아니었어도 우리들은 더 크고 위대한 것을 찾아 나선 훌륭한 아버지를 우리들 가슴에서 도려내지는 않았을 것이다. 그 납득할 수 없는 일에 대해서 어머니가 우리 남매에게 강조한 말은, 어른들의 세계는 아이들이 이해할 수 없는 일이 많다는 것, 그리하여 너희들이 어른이 되면 그때 비로소 그것을 이해하게 된다는 것, 결국 우리들이 크게 되면 아버지가 역시 훌륭한 사람이라는 걸 깨닫게 된다는 등의 내용이었다.

그러니까 어머니는 아버지의 모든 것을 이해하고 용서했을 것이다.

어머니가 우리 남매를 이끌고 숨바꼭질하듯 종적을 감추는 아버지를 그처럼 끈질기게 찾아 나선 이유는 바로 그것이었던 것이다. 어머니만은 아버지의 모든 것을 이해하고 용서했기 때문이란다.

―왜 안변까지 안 가는 거야?

이상한 일이었다. 어머니는 아버지가 안변에 살고 있다는 소식을 알아낸 뒤 우리 남매를 그곳까지 데리고 간다고 해놓고는 안변 못 미처 신고산역에서 내리게 했던 것이다. 기차를 탔던 첫 추억은 그런 것이었다.

기차를 타기 위해 평산역으로 나가다가 나는 그 생각을 했던 것이다. 그것은 어른들의 이해할 수 없는 배신에 대한 일깨움이었다. 그때서야 나는 누나가 처음 제안한, 걸어서 남천까지 가자는 말을 따르기로 했던 것이다.

남천읍이 멀리 바라보이는 지점에 이르러 누나와 나는 길 옆으로 흐르는 도랑물에 얼굴과 손을 씻었다. 처음 발을 들여놓는 마을에 대한 불안 같은 것 때문이었는지도 모른다. 우리들은 누나가 쥐고 온 무명 손수건을 빨아 짠 다음 거기다가 물 묻은 얼굴과 손을 씻었다. 누나가 그 손수건으로 내 목에 묻은 물기를 말끔히 닦아주면서 물었다.

"덕수야, 배고프니?"

배가 고팠다. 그러나 나는 배가 고프다는 게 뭔가 부끄럽게 생각되었다.

"아니, 나 배고프지 않아."

그렇게 대답하면서 남천읍을 내려다보니 아지랑이가 가물가물 읍내의 풍경이 일렁이고 있는 것처럼 보였다. 나는 느닷없이 야릇한 슬픔 같은 게 가슴을 저미어내는 느낌을 받았다. 한낮의 녹음과 햇살이 너무나 싱싱하고 눈이 부신데도 형언하기 어려운 서러움이 번져 오르고 있었던 것이다.

문득 돌아본 누나의 얼굴도 그랬다. 입을 꼬옥 다부지게 다물고 눈을 내리깐 채 조용조용 걷고 있는 누나의 얼굴에서 나는 슬픔 같은 걸 보았다. 어쩌면 그렇게 어머니를 빼닮았다는 말인가. 그러나 누나는 어머니와 달랐다. 어머니가 언제나 무표정한 얼굴을 하고 있다면 누나는 희로애락을 얼굴에 곧잘 드러내 보이는 편이었다. 어머니가 자신에게 주어진 운명 앞에 숨소리 하나 크게 못 내고 그대로 순종하는 인상이라면, 누나는 적어도 그 운명적인 것에 맞서 버티지는 못할망정 요리조리 요령껏 몸을 피해 보려는 그런 유형이라고 할 수 있었다. 어렸지만 나는 그때 삼십이 넘은 한 여인네와 아직 세상의 때를 묻히지 않은 열두어 살의 여자 애를 함께 묶어보는 데 버릇이 돼 있었던 것이다. 누나는 내게 또 하나의 어머니였던 것이다.

읍내가 가까워지자 나는 마음이 초조해지기 시작했다. 먹은 것도 없이 오줌이 자주 마려웠다. 아이들을 따라 뒷산 골짜기 두어 평 됨직한 바윗굴 속에 호랑이가 새끼를 낳았다고 해서 그걸 확인하러 갈 때도 이처럼 오줌이 자주 마려웠다. 담력이 큰 아이들이 앞장서고 내 또래의 작은 애들은 그 뒤를 따랐다. 그때의 그 숨이 막히는 것 같은 불안을 잊을 수가 없다. 호랑이닷! 앞서 들어가던 애 하나가 소리치며 뒤돌아 뛰었고 그 뒤를 따르던 애들이 모두 혼비백산하여 도망쳤다. 나는 그때 도망치면서 오줌을 쌌다. 물론 그 굴속에는 호랑이 같은 것은 없었다. 짓궂은 아이 하나가 그런 거짓말을 했던 것이다.

"누나, 정말 아버지를 만날 거야?"

개구리 한 놈이 길섶 도랑에서 신작로 한가운데로 뛰어나와 가슴을 벌떡이고 있었다. 조심스럽게 개구리를 향해 다가갔다. 이 신작로에 들어서곤 처음 보는 석탄 트럭이 연기를 팡팡 내뿜으며 우리 쪽으로 오고 있는 게 멀리 보였다.

"정말 아버지를 만날 거냐니까?"

내가 다그쳤다. 개구리는 내가 다가가는 것을 아직 모르고 있었다. 누나는 나보다 대여섯 발짝 앞서서 고개를 숙인 채 아직도 무슨 생각에 골똘한 모습으로 걷고 있었다.

"누나!"

그렇게 누나를 소리쳐 부르면서 나는 개구리를 힘껏 걷어찼다. 고무신 신은 발끝이 물컹 실팍스럽게 닿는 촉감이 좋았다. 개구리는 누나의 앞 햇빛 하얗게 부서지는 신작로 한복판에 보기 좋게 나가 뻗었다. 그러나 내 고무신은 개구리보다 더 멀리 날아가 떨어졌다.

누나가 비명을 질렀다. 내가 네 다리를 버둥거리는 개구리 있는 데까지 외발로 뛰어가 맨발로 다시 한 번 그놈을 걷어내 찼던 것이다. 개구리는 산비탈 풀섶으로 떨어져 들어갔다. 석탄 차가 우리들 곁을 털털거리며 지나갔다. 얼굴에 탄이 새카맣게 묻은 운전대 옆의 조수가 누나를 향해 무어라고 소리를 질러댔다.

"누나, 어떡할 거야? 아버질 정말 만날 거야?"

누나가 내 고무신짝을 주워다 내 앞에 놓으면서 말했다.

"덕수야, 너 아버지 만나는 거 겁나서 그러니?"

나는 찔끔했다. 그것은 사실이었다. 아버지를 만난다는 생각을 하면 가슴이 두근거렸다. 어쩌면 나는 아버지 얼굴을 보는 순간 오줌을 싸는지도 몰랐다.

"아버지 만나는 게 그까짓 게 뭐가 무서워!"

"그러면?"

"그까짓 아버질 뭣하러 만나?"

"얘가 못 하는 소리가 없네. 아버질 보고 그게 무슨 소리니?"

누나의 얼굴이 발갛게 상기돼 있었다.

"어머니가 아버지 만나면 큰일 난댔잖아?"

나는 고작 그 말을 또 한 번 들고 나왔을 뿐이다.

기차를 타려다 그만두고 신작로로 들어서서 걷기 시작했을 때 누나가 불쑥 말했던 것이다.

"덕수야, 우리 오늘 아버질 만나보자."

그것은 뜻하지 않은 말이었다. 아버지를 만나보다니, 그것은 어림도 없는 일이었다. 호랑이 굴에 가 호랑이를 만져보자는 말과 같았기 때문이다.

고향을 떠나 여기저기 떠도는 두 해 동안 우리 세 식구는 단 한 번도 아버지를 만나본 적이 없었던 것이다. 물론 아버지를, 혹은 아버지라고 생각되는 사람을 아주 먼발치서 몰래 훔쳐본 적은 몇 번 있긴 했다. 그리고 아버지가 사는 집이라고 일러준 그 집 주변을 서성거린 것도 여러 번이었다. 그러나 우리들은 그 집에 들어가 아버지를 만나서는 안 되었던 것이다.

—아버지를 만나서는 안 된다.

그것은 어머니가 우리 어린 남매에게 못 박은 불문율이었다. 우리는 어머니의 말을 어겨서는 안 되었다. 어머니가 말하곤 했다.

—너희들이 아버지한테 들켰다간 아버질 영영 잃게 될 게다.

그럴 때마다 내가 짐짓 퉁명부렸다.

—못 보면 어때? 난 아버지 안 봐두 좋아.

그럴 때마다 어머니의 눈에는 파르르 노여움이 잡힌다.

—이 녀석아, 아버지 없는 호래자식 되고 싶어 그러냐?

—그래두 좋아.

내가 그처럼 고집스럽게 버틸 때면 어머니 눈가의 그 파르르 일어난 노여움이 금세 슬픈 표정으로 바뀐다.

─이 녀석아, 그렇게 되면 이 어미두 영영 못 보게 될 게다.

그것은 사뭇 협박이었다. 우리들이 아버지한테 발각되는 날이면 어머니가 우리 남매를 버리겠다는 엄포였다.

─어머니, 아버지가 그렇게 무서워요?

내가 따지고 들었다. 누나는 결코 나처럼 무례하지 않았다.

─아버진 훌륭한 분이셔. 지금 아버진 어떤 피치 못할 사정으로 우리와 헤어져 사시는 거야.

─그럼 아버지하고 함께 산다는 그 여잔 뭐야?

나는 슬쩍 어머니의 얼굴을 살폈다. 그러나 어머니의 얼굴에는 아무런 표정도 없다. 아버지와 함께 사는 그 여자에게는 너덧 살 된 여자 아이도 있다고 했다.

─아버지를 도와주시는 분이지. 아버지한테는 그분이 필요하거든.

─첩 같은 거야?

그 순간 나는 어머니의 얼굴이 핼쑥하게 변하는 걸 놓치지 않았다. 그러나 어머니의 말소리는 다름없이 조용하다.

─아무튼 아버지를 위해서 너희들이 조심해야 한다. 그렇게 하는 것이 바로 너희들을 위하는 길이란다.

도저히 이해할 수 없는 일이었지만 우리들은 그것이 어머니의 말이었기 때문에 그것을 믿기로 했던 것이다. 훌륭한 사람의 삶은 때로 정상적인 궤도를 벗어날 수 있다는 것, 훌륭한 사람을 위해서는 어머니 같은 삶이 있을 수도 있다는 것을 우리들은 어머니로부터 세뇌받고 있었던 것이다.

그래서 우리는 어머니의 삶의 방식에 길들여져 있었던 것이다.

우리 세 식구는 아버지를 따라다니는 철새였다. 안변, 장전, 사리

원……. 아버지는 여러 곳을 옮겨 다니며 살았다.

아버지가 원산에 있다는 소식을 듣게 되면 우리들은 원산 못 미쳐 어떤 마을에 자리를 잡는다. 그곳에 자리를 잡는 즉시 어머니는 이삼 일간, 어떤 때는 거의 일주일을 원산에 나가 아버지의 소재를 찾아 헤맨다. 아버지를 찾는 동안의 어머니는 꼭 신들린 사람 같다. 제정신이 아닌 것이다. 우리 남매 같은 건 안중에도 없는 것 같았다. 드디어 아버지가 있는 곳을 알게 된 그런 날 저녁이면, 우리 남매는 어머니의 더없이 행복하게 보이는 밝은 얼굴을 만나게 된다. 내가 처음으로 아버지의 얼굴을 보았던 밤, 고향 할아버지의 집에서 본 어머니의 그 얼굴을 다시 볼 수 있는 것이다. 아무리 생각해도 희한한 일이다. 아버지의 소재를 확인했다고 해서 저처럼 얼굴이 밝을 수가 있단 말인가. 우리가 한때 머물던 어떤 마을의 아편쟁이가 아편 주사를 맞고 날 때마다 희희낙락해 보이던 그런 얼굴을 어머니가 해보이다니.

그런 날 밤이면 어머니는 우리들에게 잠자리를 해준 다음 등잔불을 당겨놓고 우리들이 쓰던 몽당연필을 이용해 편지를 쓰는 것이었다. 양면 괘지 서너 장을 앞뒤로 꽉 메워 쓰는 편지였다. 어머니의 필적은 보통 것이 아니었다. 처녀 시절 소학교 선생님이었다니, 그런 좋은 글씨를 가질 수도 있었을 것이다. 어머니가 편지를 쓰는 대상은 정해져 있었다.

아버님 보시옵소서. 할아버지에게 보내는 편지였다. 때로는 할아버지 대신 고모에게 쓰는 편지도 있었다. 아주 드물긴 해도 어머니는 외할아버지한테도 편지를 썼다.

어떻든 등잔불 밑에서, 편지를 쓰는 어머니의 모습은 아름다웠다. 등잔불빛에 드러난 어머니의 뽀얀 턱과 그 턱밑으로 흘러내리는 목의 선을 통해 나는 처음으로 아름다움을 익혔던 것이다. 편지를 쓰는 어머니의 얼굴 표정이 그 선線의 아름다움에 걸맞게 진지해 보였기 때문인지도 모른다. 나는 그렇게 편지 쓰는 어머니를 바라보면서 잠들곤 했다. 그러다가 문득 어떤 기척에 놀라 잠을 깨어 볼 때면 나는 영락없이 어머니의 우는 얼굴을 보아야 했다. 어머니는 편지 쓰기에 취한 채 흐느껴 울고 있었던 것이다. 흐느껴 운다는 표현은 어쩌면 맞지 않을는지 모른다. 어머니는 결코 소리 내어 울지 않았으니까 말이다. 소리 내어 우는 것은 이불을 뒤집어쓴 채 들먹이는 누나의 울음소리였던 것이다.

그렇게 아버지의 소재를 확인한 어머니는 한 열흘쯤 뒤 우리들에게 아버지가 사는 집, 때로는 아버지가 들른다는 그 관청을 일러주면서 그곳에 다녀오라고 했던 것이다. 그것은 정말 이해할 수 없는 일이었다. 당신이 다시 한 번 확인하면 될 터인데도 꼭 한 번은 우리가 그곳을 확인하게 했으니 말이다. 어쩌면 우리가 아버지에게 들키기를 마음속으로 바랐는지도 모른다.

오늘 누나가 아버지를 만나자고 한 것도 그러한 어머니의 속셈을 생각해서였는지도 모를 일이다. 누나는 나이에 비해 생각하는 것이 웅숭깊고 다부졌던 것이다.

"덕수야, 겁내지 마."

남천 읍내 초입이었다. 누나의 입은 더욱 다부지게 다물려 있었다. 아버지를 만나야 해. 누나는 거듭 다짐 두었던 것이다. 어떤 일에 이처럼 자신의 결단력을 내보인 누나를 나는 처음 보는 것이다.

정미소의 허름한 벽에 김일성의 사진이 붙어 있었다. 새로 옮겨온 학교에서도 나는 먼저 학교에서처럼 김일성 장군의 노래를 배웠다. 누나는 더 많은 것을 배웠을 텐데도 학교에서 배운 것을 집에 와서 말하지 않았다. 대부분의 어른들은 우리가 학교에서 선생님들한테 들은 공산당에 관한 얘기를 늘어놓으면 고개를 돌려 외면했다.

"누나, 아버지를 만나 뭘 얘길 하려구 그래?"

오줌이 마려웠다. 인가에 들어서기 전 산비탈 아무 데서나 오줌을 싸버릴 걸 하는 후회가 된다.

"아버지가 어머니를 버린 거야!"

느닷없이 누나가 그런 말을 했다. 나는 그처럼 매몰찬 얼굴을 한 누나를 아직 본 적이 없었다. 어머니를 너무나 빼닮은 데다가 어머니의 말에 단 한 번도 무례하게 맞서 본 적이 없는 누나의 이러한 변화 앞에 나는 어리둥절할 수밖에 없었다.

아버지가 어머니를 버렸다. 그처럼 간결 명확한 단정으로서 누나는 이제까지 우리들의 우상이었던 아버지를 단숨에 팽개쳐버렸던 것이다. 이 세상에서 가장 훌륭한 사람이 우리 어린 남매의 전부인 어머니를 버렸다고 생각하는 누나의 말은 하나의 도전이었다.

"덕수야, 너두 이건 알아야 해. 어머니가 우리를 남겨두고 돌아가시려고 했던 거 말이야."

"무슨 얘기야, 누나?"

나는 누나의 눈치를 살피고 있었다. 이제 누나는 내게 거인처럼 보였다.

"어머니는 두 번이나 돌아가시려고 했던 거야. 어머니가 이웃 아주머니하고 얘기하는 거 내가 다 엿들었어."

그 한 번은 나도 어렴풋이 알고 있는 일이었다. 박수고개 소나무 가지에 나를 업는 데 쓰던 띠로 목을 맸던 일. 그 일을 두고 어머니가 말하더란 것이다.

―정신을 차려보니 시아버님과 애들 고모가 보였어요. 뭐든 말을 하고 싶은데 혀가 이만큼 빠져나와 도무지 제자리로 들어가질 않더군요. 입에서 수숫뜨물 같은 게 술술 흘러나왔어요.

또 한 번 어머니가 이 세상을 버리려고 했던 것은 누나가 두 살 때라고 했다. 아버지가 일본 유학을 떠난다며 할아버지와 말다툼을 벌였을 때였다.

─그때 애아버지가 저한테 아주 내놓고 얘기하데요. 다른 여자와 함께 일본 유학을 간다구요. 그러니 기다리지 말라는 거였어요. 애아버지가 그 여자 사진을 내놓는데 보니까 제 학교 후배데요. 저는 그때 처음으로 사람을 죽이고 싶다는 충동이 바로 이거구나 생각했었지요. 앞이 캄캄하고…… 그냥 아무 생각 없이 은하를 들쳐 업고 뱀내 강으로 갔어요. 그때 헛구역질이 났는데 그게 바로 덕수를 밴 첫 입덧이었거든요. 그 입덧이 아주 조금 뒤에만 났더라도 덕수는 세상 구경을 못 하고 말았을 거예요.

어머니 뱃속의 내가 어머니 목숨을 구했다는 얘기다.

"누나, 지금 아버지와 함께 살고 있는 여자가 그때 일본에 같이 간 여자래?"

"다른 여자야. 아버지가 산속에 숨어 살 때 만난 여자래."

누나는 모든 것을 알고 있었다. 이제 누나는 내 친구가 아니었던 것이다. 부쩍 어른스러워 보이는 누나가 아주 먼 데 있는 다른 사람처럼 보였다. 어른들의 비밀을 그처럼 내숭스럽게 감추고 시치미를 떼고 있었다니.

갑자기 봄볕이 등에 겹도록 노곤했다. 어깨에서 힘이 쏘옥 빠져 내리며 다리가 팍팍한 것이 아무 데고 주저앉고 싶었다.

앞에서 타박타박 걷고 있는 누나가 갑자기 거인처럼 생각되었다. 누나가 어떻게 그런 일을 해낼 수 있다는 말일까. 우리들의 전부인 어머니를 한낱 한 남자에게 버림받은 천한 여자로 전락시켜 버리다니. 거기다가 누나는 어머니가 그처럼 찾아 헤매며 두려워하는 우리들의 아버지를 나쁜 사람으로 못 박아버리려 하는 것이다.

대낮인데도 읍내 거리는 조으는 듯 한산했다. 그러나 언덕 쪽 학교인 듯싶은 곳에서 확성기 소리가 들려왔다. 몇 마디 째지는 듯한 목소리에 이어 행진곡이 들려왔다. 읍내 중심 벽에는 더 많은 벽보가 붙어 있었다.

읍의 북쪽 신작로 위에 트럭 한 대가 나타났다. 우리가 좀 전에 본 그 석탄 트럭이었다. 그 트럭은 머리에 붉은 띠를 두른 청년들을 꽉 메워 태운 채 확성기 소리가 나는 언덕 쪽으로 팡팡 기어오르고 있었다.

난리가 난대요.

언제부터인가 사람들은 끼리끼리 모여 서기만 하면 난리가 곧 터질 거라고 수군거렸다. 어느 마을이나 젊은 사람들이 병정으로 뽑혀 나가느라 떠들썩했다.

이제 삼팔선은 개미 새끼 하나도 못 넘는대요.

먼저 넘어간 사람들은 이남에 있는 양코쟁이들이 다 잡아 죽였답니다.

사람들이 그렇게 말했다. 실상 우리도 원산 근처에서 눈이 파랗고 코가 높은 소련 사람을 본 적이 있었다. 사람들은 소련 사람들을 해방군이라고 불렀다.

어머니가 그려준 약도는 너무나 정확했다. 남천면 공회당 왼쪽으로 두 번째 골목을 통해 한참 나가다 보면 조그마한 개천이 있고 그 개천에 걸린 나무다리를 건너 떡방앗간 앞에서 오른쪽 길로 백 보쯤…… 거기 어머니가 말한 느티나무 한 그루가 서 있었다.

떡 방앗간 앞이었다. 나는 아무 데고 오줌을 깔기고 싶었다. 입속이 바싹 말라들었다. 가슴이 온통 방망이질이었다.

그런데 참 이상한 일이었다. 얼마 전부터 입을 꼭 앙다물고 내 앞을 걷던 누나가 내 뒤로 비실비실 뒤떨어지기 시작한 일이다. 문득 뒤돌아보았을 때 나는 누나의 얼굴이 하얗게 질려 있는 것을 보았다. 이마에 땀이 맺혀 있었다.

"왜 그래, 누나?"

나는 더럭 겁이 났던 것이다.

"덕수야, 우리 아버지 만나지 말자."

누나가 겨우 들릴 정도의 작은 목소리로 말했다.

"덕수야, 아깐 내가 일부러 그래 봤던 거야. 우린 아버질 만날 수 없어."

누나의 목소리는 떨리고 있었다. 누나가 다시 말했다.

"어머니두 입때까지 아버질 못 만났는 걸."

내가 말하고 싶었다. 누나는 이제 내 눈에 거인이 아니었기 때문이다.

"무서워서 그런 거지?"

누나가 걸음을 멈추었다. 그리고 내 눈을 못 내려다보며 말했다.

"덕수야, 어머니는 아버지가 무서워서 못 만나는 게 아니야."

"그럼 뭐야?"

"어머니 말이 맞았어. 아버진 우리를 보면 어딘가 또 도망을 갈 거야. 어머니는 아버지가 도망가는 게 겁이 나서 그러시는 거야."

"누나, 아버진 왜 자꾸 도망만 다니지?"

"아버진 우리가 무서운 거야!"

누나가 그렇게 단정을 내렸다. 어쩌면 그것은 누나가 무심코 내던진 말에 불과했는지도 모른다. 그러나 그 말이 나한테 던진 충격은 컸다.

"왜, 우리가 왜 무서운 거지?"

그러나 누나는 내 물음에 대답하지 않았다. 안 한 것이 아니라 대답할 수 없었기 때문일 것이다. 열세 살 어린 누나가 그것을 어떻게 설명할 수 있었겠는가. 훗날 나는 누나의 그 생각이 아버지를 용서하려는, 그래서 그녀의 가슴에서 아버지를 지워내지 않으려는 안간힘 같은 것이었을 게라고 생각했다.

어머니가 말한 그 느티나무 조금 못 미쳐서였다.

"누나."

나는 기어들어 가는 목소리로 누나를 불러 세웠다. 내 아랫도리를 내려다보는 누나의 얼굴이 홍당무처럼 붉어졌다.

"그래, 그만 돌아가자."

마치 안도의 한숨을 내쉬듯 누나가 속삭였다. 원산에서도 안변에서도 그리고 사리원에서 그랬던 것처럼.

그날도 우리는 아버지가 살고 있다는 그 골목 입구까지도 가지 않은 채 돌아섰다. 내가 바짓가랑이 속에서 뜨거운 것을 줄줄 거침없이 쏟아내고 있었기 때문이다. 그것은 우리를 거기 보냄으로써 우리 남매에게도 이 세상에 아버지가 살아 있다는 것을 일깨우려는 어머니의 속셈이 터득되는 그런 조짐이었던 것이다.(《현대문학》82. 3)

파편

이동하

1942년 경북 경산 출생.

서라벌예대 문예창작과, 건국대학원 졸업.

1966년 서울신문 신춘문예 〈전쟁과 다람쥐〉로 등단.

1967년 〈인동忍冬〉으로 공보부 신인예술상 수상.

1977년 〈모래〉로 한국소설문학상 수상.

이외 1981년 한국창작문학상, 1982년 한국문학평론가협회상 · 한국문학작가상,

1986년 현대문학상, 1993년 오영수문학상 수상.

저서로 《우울한 귀향》《숲에는 새가 없다》《냉혹한 혀》 등이 있음.

파편

        죽음이란 어차피 그런 것이라고는 해도 숙부叔父의 경우는 너무나 갑작스러웠다. 부음訃音에 접한 것은 저녁상을 막 물리고 난 때였다. 오토바이를 부르릉거리며 온 사내가 종이쪽지 하나를 훌쩍 던져주고 사라졌는데, 그것이 바로 숙부의 죽음을 알리는 부음이었던 것이다.

막 배달된 석간신문을 대하듯 나는 그 쪽지를 열어 보았다.

—부 친 별 세 종 수

가로로 가지런히 늘어놓인 낱자들은 그렇게 여섯 글자로 쉽게 조립되었다. 밖은 춥고 어두웠다. 크고 찬 손이 갑자기 가슴에 와 닿는 것을 느끼고 나는 잠시 몸을 떨었다. 아내가 현관 불을 껐다.

"무슨 전보예요?"

불안한 얼굴로 아내가 물었다. 거실의 밝은 불빛 아래서 나는 다시 내용을 확인했다. 부친별세종수— 그밖에 달리 해독될 여지란 없었다. 열다섯 개의 자모들은 오직 그 한 가지 사실만을 간명하게 드러내고 있을 뿐이었다.

"숙부께서 돌아가셨다는군……."

아내에게 쪽지를 넘긴 다음 나는 욕실로 갔다. 입 안이 군시러웠다. 식사 후에 곧바로 이빨을 닦아야 한다. 그것은 나의 오랜 버릇이었다. 나는 평소보다 오래 양치질을 했다. 그러고는 입 안을 쿨렁쿨렁 헹궈내면서 중얼댔다.

—자, 어떻게 한다?

도무지 작정은 서지 않았고, 치약 냄새는 끈질기게 남았다.

"삼우제는 보고 와야겠지요?"

아내는 벌써 가방을 챙기고 있었다.

"글쎄……."

나는 대답을 흐렸다.

"장례만 치르고 훌쩍 와버릴 수야 없잖아요?"

딴은 그렇기도 하다는 생각이 들었다. 내겐 단 한 분뿐인 숙부이시다. 게다가 굳이 따지자면 나는 또 장손이지 않은가. 남의 집 문상객처럼 얼굴만 비쭉 내밀었다가 금방 돌아서 나올 수도 없는 처지긴 하다. 나는 이번에도 대답을 흐렸다.

"적어도 너댓새는 걸릴 거라구요……."

그러면서 아내는 전화통을 끌어당겼다.

"무슨 전화요?"

"애들 이모라도 와 있으라고 해야죠. 아이들만 달랑 남겨놓고 가버릴 수야 없잖아요?"

그때까지도 아무런 결단을 내리지 못하고 있던 나는 그제서야 펀뜻

정신이 들었다.

"당신도 같이 나서려는 거요?"

"그러지 않구? 그럼 난 안 가도 된단 말이에요?"

아내는 부음을 받았을 때보다도 더 놀란 얼굴로 나를 쳐다보았다.

"남들이 뭐라게요? 명색이 큰조카며느리란 여자가 초상에두 얼굴 한 번 내밀지 않더란 소리 들게요?"

나는 대꾸하지 못했다. 그녀의 말이 정작 숙부의 죽음보다도 나를 더 혼란에 빠뜨렸기 때문이었다. 하지만 사리를 따지자면 그런 것이다. 건전한 양식이 아내를 당당하게 만든 대신 나를 형편없이 위축시켰다. 무력하게 나는 입을 다물고 말았다. 치약 냄새가 다시 느껴졌다.

이모들 중의 하나와 아내는 통화를 했다. 여전히 아내는 당당했다. 저쪽의 사정 같은 것은 귀담아듣지 않는 태도였다. 상을 당했다는데 무슨 자질구레한 핑계냐는 투였고, 따라서 통화는 지극히 일방적인 지시와 통고로 끝났다.

"막내 이모가 와 있겠다고 했어요."

태연히 아내는 말했다.

"마침 방학 때라 잘됐어요. 곧장 택시 타고 오랬으니까 한 시간도 더 안 걸릴 거예요. 뭘 챙겨야 되지요? 난 도무지 갈피를 잡을 수가 없네요……."

더이상 입을 봉하고만 있을 계제가 못 되었다. 아내와 동행할 수는 없다고 나는 생각을 굳혔다. 그녀의 지적처럼 설사 어떤 비난을 당하는 한이 있더라도 말이다. 숙부의 갑작스러운 죽음이 무엇을 뜻하는가를 나는 비로소 깨달았던 것이다. 적어도 나에게 있어서 그의 죽음은 일찍이 내가 속해 있었던 한 세계의 완전한 종언終焉을 의미하는 것이었다. 이제 내가 장사 치를 것은 한 사내의 시신이 아니라 그것과 연루된 나의 어둡고 치욕스러운 과거였다. 그러므로 지금까지 한사코 담을 쌓고 은폐해 왔던 그 세계를 마지막 순간에 내 아내에게 열어 보일 수는 없다고 나는 생각했다.

"뭘 챙긴다구 그래? 내 양말이나 몇 켤레 내주구려. 돈 좀 하구……."

불쑥 나는 말했다.

예상했던 일이다. 가방을 챙기던 아내의 동작이 딱 멎었다. 아무 말 없이 그녀는 한동안 내 얼굴을 똑바로 쳐다보았다. 당신이란 사람은 정말 이해할 수가 없노라는 그런 눈빛이었다. 처가는 월남 가족이었다. 고향도 친지도 다 버리고 온 실향민이란 의식이 언제나 강한 사람들이었고, 그래서 그런 것에 대한 관심과 집착도 별난 데가 있었다. 하지만 나는 그렇지 못했다. 고향이나 친지, 심지어는 나의 가계家系에 이르기까지 거의 한 번도 속을 털어놓고 이야기한 적이 없는 사람이었다. 그 세계는 이를테면 내 아내에게 있어서는 철저하게 닫혀져 있는 세계였는데, 그 앞에서 그녀는 종종 그런 눈빛으로 나를 바라보곤 했던 것이다.

숙부는 그 세계에 속해 있는 마지막 한 사람인 셈이었다. 아내로서는 지금까지 단 한 번도 상면해 본 적이 없는 그런 인물이었다. 그녀가 간직하고 있는 결혼 사진첩에도 그의 얼굴은 없다. 어머니의 당부에도 불구하고 우리의 결혼을 알리지 않았기 때문이다. 어머니의 장례 때도 그는 역시 모습을 나타내지 않았었다. 이번에는 그쪽에서 사정이 있었던 것이다. 그러므로 이제 와서 새삼스레, 그것도 사자死者의 얼굴을 내 아내에게 보여줄 수는 없다고 나는 거듭 생각을 다졌다.

"나 혼자 다녀오는 것이 좋겠소. 당신까지 무리할 건 없어. 내가 그쪽에 발길을 들여놓는 일도 어차피 이번으로 마지막이 될 테니깐……."

나는 아내 앞에 놓여져 있는 전화통을 끌어당겨 부장 댁으로 전화를 걸었다. 사정을 설명하고 이틀간의 휴가를 청했다. 회사 일을 걱정하면서도 부장은 이틀 가지고는 너무 빠듯한 일정이 되지 않겠느냐고 되물었지만 나는 족하다고 대답했다. 말하자면 나의 답변은 상사에게 한 것이라기보다 내 아내 쪽을 더 많이 의식하고서 한 소리였다.

정작 집을 나선 것은 밤이 꽤나 깊어서였다. 하지만 나는 개의치 않았다. 어차피 밤차를 타고 다음 날 아침 일찍 K시에 떨어지면 될 것이었다. 거기서 다시 시외버스를 타고 고향 읍까지 가는 데엔 한 시간 정도면 족할 것이었다. 발인 전에 닿기만 하면 되리라고 나는 생각했다. 굳이 혼자 나서는 나를, 아내는 마루에 선 채로 말없이 지켜보기만 했다. 하지만 나로서는 그녀의 의중을 헤아리고도 남았다. 아내가 그런 눈빛으로 나를 바라볼 때면 으레 서슴없이 내뱉곤 하던 말이 있었기 때문이다.

"당신은 참 이상한 사람이야. 자식을 몇씩이나 낳아 기르면서 십 년 이상 한 지붕 밑에서 살아와도 꼭 남남 같은 기분을 느끼게 하는 때가 많은 사람이라구요……."

그러나 이날만은 끝내 입을 다물고 있었다.

차가 서울역 구내를 빠져나왔을 때는 새로운 하루가 시작되고 있었다. 또 한강을 넘어서면서부터는 차창에 눈발이 희끗희끗 날리기 시작했다. 이후 K시에 닿기까지 무려 여섯 시간 동안 나는 신물이 나게 지겹고 외로웠다. 밤이 깨어 있는 사람의 마음을 얼마나 무겁고 외롭게 짓누르는가를 비로소 실감했을 정도였다.

차내는 썰렁하게 냉기가 돌았다. 밤차를 탄 사람들이 으레 그렇듯이 승객들은 출발서부터 저마다 옹색한 자세로 잠을 청하고 있었다. 그러나 나로서는 도무지 기대할 바가 못 되었다. 아무 데나 쓰러져서 잠들 수 있는 능력이란 분명 타고난 행운일 수밖에 없다고 나는 생각했고,

그런 능력을 가진 사람은 또 결코 절망하는 법이 없으리라고도 생각했다. 창가에 웅크리고 앉은 채 나는 국산 양주를 찔끔찔끔 들이켰다. 잊었던 치약 냄새가 되살아났고 그때마다 아내의 눈빛이 떠올랐다.

그러나 차가 수원을 지나고 오산을 지나고 또 천안을 넘어서면서부터는 비로소 숙부의 죽음이 조금씩 조금씩 내 오관의 어느 선엔가 닿아오기 시작했다. 하지만 그것은 내 입 안의 어느 구석엔가 여전히 남아 있는 꼭 치약 냄새만큼의 실감으로서였다. 그 냄새를 죽이기 위해, 그리고 이제야말로 영원히 묻어버릴 어둡고 치욕스러운 한 세계를 마지막으로 되돌아보기 위해 나는 거푸 병을 기울였다. 양주란 참 편리한 물건이다 라고 나는 객쩍은 생각을 했다. 무엇보다 안주 없이도 태연히 마실 수 있는 구실이 되기 때문에…….

숙부는 나보다 단지 십 년 정도 연상이므로 이제 겨우 오십 줄의 문턱에 들어선 연세일 뿐이다. 그러나 그의 죽음이 갑작스러운 느낌을 주는 것은 단지 그 연치 때문만은 아니었다. 그에게 있어서 오십 년이란 세월은 어쩌면 가혹하리만큼 긴 것이었는지도 모른다. 줄잡아 그 세월의 반을 그는 영어囹圄의 생활을 해왔기 때문이었다. 숙부가 고향 N읍에서 엉뚱하게도 침구사鍼灸師로서의 안정된 생활을 꾸려나가고 있다는 소식을 내가 들은 것은 불과 서너 해 전의 일이었다. 그렇다면 진정한 그의 생애는 그때부터였던 셈인데 내가 그 뒷소식을 들을 새도 없이 그는 자신의 생애를 서둘러 마감해 버린 것이었다. 그러므로 그의 죽음이 내게 갑작스러운 느낌을 준 것은 무엇보다 그 생애의 내용 때문이었다고 나는 생각했다.

친일親日을 한 조부—물론 나로서는 그 구체적인 사례들을 알고 있지도, 또 알고 싶지도 않은 것이지만—의 덕택으로 내 아버지는 고향 N읍에서 유일하게 일본 유학을 할 만큼 신식 교육을 받은 인물이었지만 숙부는 그렇질 못했다. 그는 서출庶出이었기 때문이다. 조부의 엄한 회초리 아래 간신히 천자문을 뗐을 뿐 그는 진작부터 머슴방으로 내몰린 천덕꾸러기였던 것이다. 그러나 나는 누구보다 그 삼촌을 따랐고, 내 어머니는 또 그가 의지할 수 있었던 유일한 그늘이었다. 벅찬 노동과 가혹한 편견 속에서도, 그러나 그는 그다지 불행하지는 않았다고 나는 생각한다. 천성이 밝고 착했던 그는 자신을 결코 불행한 사람이라고는 생각하지 않았기 때문이다.

그에게 진짜 불행을 가져다준 것은 어쩌면 8 · 15 해방이라고나 해야 할는지도 모른다. 조국의 광복은 우선 내 조부를 몰락시켰다. 그의 위엄은 하루아침에 땅에 떨어져서 헌 짚신짝처럼 짓밟혔고, 근동 세 마을을 먹여 살린다던 그 많은 가산들도 온통 거덜이 나버렸던 것이다. 하지만 그것까지는 그래도 어쩔 수 없는 세상 탓으로 돌릴 수 있었을지도 모른다. 그러나 전에는 비록 면종복배이기는 할지언정 그의 앞에선 감히 얼굴조차 바로 쳐들지 못하던 소작인이며 하인배들에게, 급기야는 가혹한 조리 돌림까지 당해야 했던 그는 마지막 임종의 순간까지도 그날의 수모를 삭이지 못한 채 그들이 자신의 상여 메는 것조차 유언으로 거부했던 터였다.

N읍의 선각자이던 내 아버지의 경우에도 해방이 불행한 사건이었던 점은 다를 바가 없었다. 당신은 그것이 불행의 시작이었음을 스스로 깨닫지 못하고 있었던 점만 달랐을 뿐이었다. 어쩌면 그는 선대의 뒤를 이어 그와는 다른 또 한 시대를 연출하고 싶었는지도 모른다. 해방과 더불어 소위 사상운동을 시작했던 그는 정부 수립을 전후하여 지하로 잠적했다가 6 · 25 발발 한 해 전서부터는 영영 종적을 감추어버렸던 것이다. 그러나 그 일은 당사자인 아버지에게보다도 뒤에 남은 우리 가족에게 더 큰 불행이 되었다. 그 무렵부터 부쩍 심해진 공비들의 준동

으로 면 주재소가 불타고 인근 마을들이 피해를 입었는데, 그것이 모두 종적을 감춘 내 아버지의 소행이란 소문이 나돌았기 때문이었다. 우리 가족들은 또 한 차례의 시련을 모면할 길이 없었고, 그중에서도 가장 가혹한 수모를 당한 사람은 내 어머니였다.

죽음보다 더한 치욕으로부터 내 어머니를 구한 사람은 삼촌이었다. 걷잡을 수 없이 몰락해 가는 집안에서 머슴방이나마 설 자리를 잃어버렸던 그는 진작 국방군에 자원 입대를 했었다. 때마침 휴가를 나왔던 그는 자기 키보다 그닥 짧을 것이 없는 엠원 소총을 휘두르며 난폭한 무리들로부터 내 어머니를 구해 냈던 것이다. 하지만 어머니는 이미 초주검이 되어 있었다. 그때의 일을 나는 결코 잊을 수가 없다. 마을의 여러 가닥 고샅길을 질질 끌려다닌 끝에 동구의 두엄자리에다 내팽개쳐진 어머니의 모습은 빈사의 광견과 조금도 다를 바가 없었다. 넝마처럼 해지고 찢긴 옷은 여인의 가장 수치스러운 곳마저도 가려주지를 못했다. 두엄자리마다 새까맣게 진을 치고 있던 여름 쇠파리 떼들이 치모恥毛의 언저리로 끈질기게 달라붙던 광경을, 한사코 울음을 삼키며 바라보아야만 했던 내 어린 시절의 기억을 나는 저주한다. 담을 쌓고 은폐하는 것만으로는 부족하다. 가능만 하다면 내 뇌수의 일부를 들어내면서라도 그 기억의 뿌리를 뽑아버리고 싶은 것이다.

삼촌이 제대를 하고 집으로 돌아온 것은 전쟁 막바지 때였다. 여름 장마의 한 끝을 밟고 후줄근한 모습으로 그는 돌아왔는데, 사지는 멀쩡했지만 상이 제대였다. 오른쪽 가슴에 부상을 입었다고 그는 말했다. 어머니 앞에서 그가 광목천으로 만들어진 군용 내의를 훌렁 벗어 보였을 때, 나는 흡사 군홧발에 내질린 깡통처럼 흉측하게 짜부라져 있는 상흔을 정말 볼 수가 있었다. 나는 질겁을 하리만큼 몹시 충격을 받았지만 어머니는 그것을 다행으로 생각했다. 사지 중의 하나를 전쟁터에다 내버리고 온 것에 비하면 천만 번 감사해야 할 일이라고 말했던 것이다.

하지만 삼촌은 그날로 곧장 골방에 드러누운 채 긴 장마가 걷힐 때까지 거의 한 번도 사립문 밖 출입을 하지 않았다. 마을 청년들이 찾아와도 그는 도무지 어울리려 하지 않았고, 때로는 얼굴마저도 내밀지 않았던 것이다. 흡사 중환자 같은 안색이며 눈빛이었다. 그 얼굴에서 나는 언뜻언뜻 어디론가로 종적을 감추어버린 내 아버지의 모습을 발견하곤 했다. 내게 남아 있던 당신의 마지막 모습이 대체로 그러했기 때문이었다.

학교에서 돌아오기만 하면 나는 으레껏 삼촌 방으로 달려가곤 했다. 눅눅한 이부자리 위에 길게 드러누운 채 그는 많은 전쟁 이야기를 내게 들려주었다. 최초의 지리산 공비 토벌에서부터 전쟁의 막바지 격전에 이르기까지 그의 무용담은 계속되었다. 그는 이따금씩 가슴의 상처자리를 손으로 누르며 한참씩 기침을 토하곤 했는데, 어린 나에게도 그 기침의 뿌리가 몹시 깊은 데 있는 듯한 느낌이 들었다. 아무래도 이 안에 무언가 들어 있는 것 같다고 기침 끝에 그는 헐떡이면서 투덜대곤 했다.

그 여름이 지나고 가을에 삼촌은 재검진을 받았다. 이웃한 K시의, 당시만 해도 단 한 곳뿐이던 종합병원에서였다. 결과는 흉곽 안쪽에 작고 단단한 이물질이 들어 있다는 진단이었다. 아마도 군 병원에서 미처 골라내지 못한 파편 조각 같다는 의사의 소견이었는데 삼촌도 그 점을 수긍했다. 당장 생명에 지장을 주는 것은 아니나 그것이 장차 체내에서 어떤 병리 현상을 일으킬지는 예측할 수 없으므로, 계제에 외과 수술로 아예 적출摘出해 버리는 쪽이 현명하다고 의사는 권유했다.

수술을 받던 날 삼촌은 어린 나를 보호자로 동반했다. 자기 시대를 잃어버린 채 비참한 심경으로 만년晩年을 살아가고 있던 조부가 여자인

내 어머니 쪽보다는 어린 조카인 내가 더 만만했는지도 모른다. 두 시간 예정이던 수술은 자그만치 다섯 시간이나 끌었다. 환자는 진작 마취에서 깨어나 버렸는데도 의사의 집도는 계속되었다. 소독 냄새 나는 복도에서 나는 기다리고 있었다. 커다란 나무 걸상 한 귀퉁이에 조그맣게 웅크리고 앉아 있는 나의 귀에 그의 신음 소리가 내내 들려왔다. 전쟁보다 더 고통스러운 시간이었는지도 모른다. 살을 저며내듯 지긋지긋한 소리였다.

마침내 삼촌이 나타났다. 두 팔로 가슴을 잔뜩 싸안은 그는 묵묵히 병원 문을 나섰다. 나는 잠자코 뒤를 따랐다. 허리를 꾸부정하게 구부린 채 그는 걸음마를 하듯 조심조심 걸었다. 한 발자국을 내딛는 데에도 무진 힘들어 보였다. 하지만 그런 상태로 우리는 털털거리는 시외버스를 타야만 했다. 수술만큼이나 길고 조마조마한 귀로였다. 어쩌면 삼촌은 가슴팍을 짜개고 작은 파편 조각을 뽑아낸 대신, 의사들로 하여금 보다 크고 위험한 폭탄 같은 것을 거기다 숨겨두게 한 건 아닐까 하고 나는 생각했을 정도였다.

하지만 수술은 실패였다. 무려 다섯 시간에 걸친 집도에도 불구하고 끝내 파편 조각을 찾아내지 못했던 것이다. 삼촌은 간신히 골방으로 돌아와 드러눕고 나서야 내 어머니께 씹어뱉듯 말했었다.

"백죄 몸뚱이만 생으로 난도질해 놨다 아입니꺼. 두 번 다시 할 짓 못됩디더. 고무다리에 외팔 인생도 쌔비린 판국에 그까짓 쇳쪼가리 하나 들었으마 어떻고 안 들었으마 어떻겠임니꺼. 어차피 죽으마 썩어질 몸뚱이…… 내사 마, 이대로 좋심더. 의사들은 다시 해보자 캅디다만 나는 싫다 아입니꺼. 거죽만 멀쩡하지 난들 성한 사람입니꺼? 불구 인생이기는 피장파장인기라요……."

삼촌은 두 번 다시 수술을 받지 않았다. 궂은 날이면 몸의 어딘가가 아프다고 일쑤 끙끙 앓으면서도 병원은 찾지 않았다. 밝고 낙천적이던 원래의 성품은 거의 찾아볼 길이 없었다. 수술 자리가 아문 뒤에도 그는 여전히 골방에서 보내는 시간이 더 많았는데, 내게 자주 들려주던 그 전쟁 이야기도 더는 꺼내지 않았다. 점점 더 말수가 줄어들고 얼굴을 뒤덮은 그늘도 갈수록 더 짙어지기만 하는 그를 두고, 내 어머니는 그것이 모두 삼촌의 가슴팍에 박혀 있는 쇳독毒 때문이라며 얼마나 자주 한숨짓곤 했던가…… . 진저리 나게 나는 그때의 일들을 회상했고, 내가 탄 열차는 밤의, 그리고 겨울의 한복판을 줄기차게 관통하고 있었다. 술기를 빌려 눈을 붙이려 애썼지만 역시 실패였다. 바닥에 버려진 양주 병이 밤새 나와 함께 흔들리고 있었다.

K시에 닿은 것은 여섯 시가 조금 지나서였다. 일출까지는 아직 한 시간여를 남긴 시각이었다. 역구내를 빠져나오자 널따란 광장과 빈 거리엔 차가운 어둠이 가득가득 괴어 있었다. 나는 몸을 떨었다. 거리들은 낯설었고 방향마저 가늠되지 않았다. 우선 언 몸을 덥혀야겠다고 나는 생각했다. 분지의 겨울답게 추위는 매웠다. 바람 한 점 없으면서도 피부를 갈라 터지게 하는 메마른 추위였다. 이놈의 깡추위는 변함이 없군, 하고 나는 중얼댔다.

톱밥 난로가 시뻘겋게 타고 있는 식당을 찾아냈다. 그 난로 앞에서 공사판 잡역부로 실이는 사내 둘이 마주 앉아 국밥을 퍼먹고 있었다. 서둘 이유는 없었다. 해장국과 또 한 병의 소주를 청한 나는 그것들을 천천히 비워내며 언 몸을 녹였다. 가슴을 죄던 겨울이 저만큼 물러나면서 불현듯 잊었던 치약 냄새가 의식되었다. 이제 그 냄새는 나의 혀끝이 아니라 머릿속에 달라붙어 있는 것 같았다. 아내의 모습을 나는 떠올렸고, 역시 그녀와 동행하지 않은 것을 거듭 다행으로 생각했다. 아마도 이번 걸음이 그나마 드문 내 귀향길의 마지막이 될 것이었다.

국밥 그릇을 말끔히 비워낸 사내들은 새마을 한 개비씩을 나눠 피우면서 그들 고장의 장래를 이야기하고 있었다.

"어랑재 쪽은 어떻다 카더노? 거게도 고속도로가 확 뚫린닥 하던데……."

쉰 줄은 실히 들어서 보이는, 낡은 방한모를 푹 눌러쓴 사내가 던지는 말이었다. 맞은편 쪽은 그보다 한참 아래로 보였다. 그러나 거친 노동과 그 삶의 풍속이 십 년 이쪽저쪽은 아무렇게나 접어두게 한 모양이었다. 스스럼없이 그는 대꾸하고 있었다.

"마, 소문이사 짜들이 그렇닥 하이. 어랑재만도 아이재. 동면, 서곡, 조야 그쪽으로도 공사판이 크게 벌어진닥고 말들이사 해쌓지. 그라지마는, 이런 놈은 엄동설한에 당장 무신 일을 시작하겠더노? 해토나 해야 첫삽을 안 뜨겠나, 대강 그럴 꺼로 싶다 마……."

"하모……."

식후의 포만감 때문이리라. 담배 한 입을 맛있게 토해 낸 상대는 짓무른 눈초리를 게슴츠레하게 내리뜨면서 아주 흡족한 표정을 짓고 있었다.

"다 하는 말매로 요새 세상은 참말로 무섭게 변하는기라. 특히나 도회지가 그렇다 아이가."

"당연지사재. 아, 사둔 남 말할 꺼 있나? 내남없이 도시서만 살겠닥고 모지리 꽁지리 몰려드이 안 그렇나. 머잖아 직활시가 된다 카이, 그라마 공사판도 자꼬자꼬 생길 끼고…… 가진 눔은 가진 눔대로, 없는 눔은 없는 눔대로 이래저래 도시는 살 만하다 카이."

"하모……."

또 한 번 흡족한 표정을 지은 다음, 마지막 한 모금까지 빨아 당긴 꽁초를 국밥 그릇에 던져 넣으며 연장자 쪽이 말했다.

"그마 슬슬 나서야재. 얼추 그래 됐을 꺼로?"

사내들은 자리를 털고 일어섰다. 목장갑을 겹으로 낀 손들이 낡고 찢어진 비닐백을 하나씩 집어 들었다. 밖의 어둠, 밖의 추위는 여전한 듯했다. 두 사내는 어깨를 움츠린 채, 그러나 주저 없이 그 어두운 추위 속으로 사라졌다.

참으로 오랜만에 내가 태어난 고장의 사투리를 제대로 들었다고 나는 생각했다. 어둡고 치욕스러운 기억 외에는 서푼 어치도 추억할 것이 내게는 없는 이 땅이, 그러나 고향이라는 새삼스러운 자각 때문에 나는 잠시 고개를 떨어뜨렸다. 하지만 그 때문에 우울해할 것은 없었다. 내가 과거를 묻어버리기 위해 왔듯이 이 도시도 머잖아 아주 낯선 모습으로 변신할 것이기 때문이었다. 마침내 내가 일어섰을 때 거기 남겨진 빈 술병이 나를 보고 있었다.

상가喪家에 닿기까지는 반 시간도 채 걸리지 않았다. K시에서 N읍까지 전에는 털털거리는 시골 버스를 타야만 했지만 이제는 시내버스가 십 분 간격으로 운행되고 있었다. 식당 주인은 머잖아 그곳까지 K시로 편입될 것이라고 내게 알려주었다. 그러면 N읍의 이름은 이 땅에서 영원히 사라질 것이었다.

상가는 예상했던 대로 을씨년스러웠다. 조등 하나가 골목 어귀에 내걸린 채 차디찬 새벽빛에 푸르게 바래고 있었고, 옹색한 차일 하나가 마당 한 귀를 가린 채 펄럭이고 있을 뿐이었다. 그나마 상청을 지키고 있는 사람들의 얼굴마저도 내게는 거의가 낯설었다. 장성한 사촌들의 얼굴까지도 알아보기가 쉽지 않았던 것이다. 시신은 이미 입관되어 있어서 내가 볼 수 있는 것이라고는 칠성판을 떠메고 누운 투박한 관뿐이었다. 이승을 마지막 떠나가는 모습은 어차피 그런 것일 수밖에 없다. 삭막한 마음으로 나는 돌아섰고, 내가 타고 온 밤차를 문득 떠올렸다.

악몽처럼 그것은 내 가슴을 두들기며 지나갔다.

고인은 전날 영 시에서 네 시 사이에 운명했고 사인은 아마도 심장마비인 듯하다고 숙모는 말했다. 식구들과 함께 자정까지 TV를 보고 난 그는 새벽 네 시에 깨워달라는 부탁을 남기고 잠자리에 들었는데, 정작 그 시간에는 이미 고인이 되어 있더라는 얘기였다. 따라서 임종을 지켜본 사람은 아무도 없었던 셈이었다. 온통 넋 나간 표정을 하고 숙모가 간신히 얘기를 끝내고 나자 맏상주인 종수가 이렇게 덧붙였다.

"그 말을 누가 믿겠임니꺼? 어제까지도 시퍼렇게 살아 계시던 아부지가 우예 그렇게 허무하이 쓰러질 수가 있더란 말입니꺼? 형님, 내사 암만 해도 못 믿겠다 아입니꺼. 하모, 남들은 우예 생각하겠임니꺼? 필경 무슨 내막이 있을 끼다 이래 생각할란지도 모른다 말입니더. 암만 초상집이락 해도, 그리고 암만 몰락한 집안이라 해도 이래 썰렁할 수가 있겠임니꺼? 다 까닭이 있는 기라요⋯⋯."

나는 머리를 무겁게 떨어뜨렸다. 그를 위로할 수 있는 말 한 마디도 나로선 변변히 찾아낼 수가 없었다. 종수는 핏발이 선 눈을 들어 멍하니 관이 놓인 쪽을 보고 있었고, 나이보다 십 년은 더 늙어 뵈는 숙모는 메마르고 기진한 울음을 시작하고 있었다.

사실이 그러하다면 고인의 죽음이야말로 그의 생애처럼 불가해한 것이기도 하다고 나는 생각했다. 스스로 죽음을 예비하거나 인지한 흔적 같은 것은 도무지 보이지 않았다. 식구들과 함께 자정까지 TV 프로를 즐겼고 또 새벽 네 시에 깨워달라던 사람이다. 따라서 유서 같은 것도 나왔을 리가 없는 것이다. 그렇다면 고인으로서는 여느 날과 다름없이 든 잠으로부터 영영 깨어나지 못한 것이 분명하다고 나는 생각했다. 얼마나 기이한 잠인가. 설사 심장마비가 진정한 사인死因이라고 할지라도 그의 죽음은 역시 오래도록 불가해한 느낌을 남길 것이라고 생각되었다.

종수의 우려는 결코 근거 없는 것이 아니었다. 누군가가 무슨 말을 흘린 듯 관할 파출소의 순경 한 사람이 전날 이미 다녀간 바 있노라고 종수는 말했는데, 그가 또 다른 한 사람을 달고 나타난 것은 그로부터 두어 시간 남짓한 때였다.

"유감입니다만 일단 검시를 해야겠습니다. 나로서도 웬만하면 피해 보려고 노력했습니다만, 본서로부터 직접 하달받은 사안이기 때문에 어쩔 도리가 없군요……."

순경의 말에 나는 놀란 입을 다물지 못했다. 기왕에 뚜껑을 덮어버린 관이라면 두 번 다시 열어젖힐 일이 못 된다. 사자가 새삼스레 무엇을 증언할 수 있단 말인가. 부패한 시신과 악취 외에 다른 아무것도 얻어 낼 수 없으리라고 나는 생각했다. 게다가 고인의 생애는 어차피 불가해 한 것 투성이가 아니던가. 오십여 그의 생애는 결코 쉽게 이해할 수도 설명될 수도 없는 그런 것이었다. 따라서 그의 죽음인들 우리가 어찌 쉽게 이해할 수가 있으랴.

순경을 따라온 쪽은 체구가 작고 마르고 나이가 꽤나 많아 보이는 사 내였다. 흰 가운에 검은 가방을 든 그의 외양은 의사 차림이 분명했지 만, 표정은 장의사처럼 굳고 차가웠다. 그의 지시에 따라 관을 열고 시 신을 들어냈을 때 방에 있던 사람들은 대부분 자리를 피해 버렸다. 상 주인 종수까지도 감히 시선을 바로 들지 못했다. 염습한 것들을 모두 풀어헤치자 이미 부패하기 시작한 시신이 드러났다. 예상했던 대로 악 취가 코를 찔렀다.

생각보다 작업은 오래 끌지 않았다. 수술용 장갑을 낀 손이 시신의 머리끝부터 발끝까지 한 차례 훑고 지나갔고, 다음에 그것을 뒤집어놓 고서 똑같은 동작을 반복했다. 시신은 바람이 들어 띵띵하고 짓물렀다.

얼굴을 짙게 뒤덮은 검은빛이 목덜미를 지나 가슴께까지 잠식해 가고 있는 중이었다. 오른쪽 젖가슴 위에 남아 있는 저 흉터 자국을 나는 다시 보았다. 삼십 년 가까운 긴 세월에도 불구하고 그것은 여전히 흉측한 몰골로 거기에 남아 있었다. 구둣발에 모질게 쥐어질린 깡통처럼 온통 짜부라져버린 그 가슴에서 나는 그때 실패했던 수술 자국까지도 또렷이 찾아볼 수 있었다.

나는 비로소 진저리를 쳤다. 무엇 하나 가린 것 없이 우리 앞에 내던져 있는 그 주검 때문이 아니라, 여전히 끈질기게 남아 있는 그 흉터 때문이었다. 내가, 그리고 우리 모두가 그 사실을 까맣게 잊고 있었던 동안에도 고인은 내내 그것을 각인처럼 가슴에 지닌 채 살아왔으리란 생각이 세찬 전율을 일으키게 했던 것이다. 등골을 타 내리는 어떤 충격 때문에 나는 한동안 몸을 떨었다.

"별 이상이 없는데 그래……."

장갑을 뽑으며 사내가 말했다. 차고 딱딱한 인상과는 달리 그 목소리는 부드럽고 지쳐 있었다.

"외상도 없고, 독극물로 오는 피부 이상도 전혀 없고……, 부검剖檢을 한다면 또 모를 일이긴 하나 어쨌든 지금 단계로선 별 이상이 없습니다. 심장마비로 인한 사망 같군요."

종수가 후유 하고 한숨을 토해 냈다. 그때까지 코를 싸쥔 채 멀찍이 물러서 있던 순경이 말했다.

"또 한 가지 확인해 둘 것이 있습니다. 적어도 유족들 중에는 고인의 사인에 대해 딴 생각을 품고 계신 분이 없을 테지요?"

그는 일단 질문을 던지긴 했지만 대답을 기다리고 있진 않았다. 그는 곧 계속해서 말했다.

"좋습니다. 그럼 이대로 보고해서 결과를 통보해 드리겠습니다. 그런 일이야 없겠습니다만, 혹 부검 지시가 떨어질 수도 있으니까 결론이 날 때까지 장례는 일단 중지해야 합니다. 가급적 빨리 결과를 알려드리도록 하겠습니다."

그들이 가버린 후에 시신은 다시 염습 과정을 거쳐 입관되었다. 남은 것은 짙은 악취와 엄청난 낭패감뿐이었다. 종수는 상주인 주제에 술만 벌컥벌컥 들이켰고, 그 옆에서 나는 짙은 피로감에 빠져들었다. 암울하고 삭막한 가슴을 두들기며 예의 밤차가 질주해 가는 환상을 나는 다시 보았다. 그 어두움, 추위, 국산 양주, 치약 냄새, 아내의 눈빛…… 이런 것들이 먼지처럼 자욱히 떠올라 내 의식을 몽롱하게 뒤덮었다.

아침 열 시로 예정돼 있던 출상이 정오를 훨씬 지나서야 가능했다. 그나마 큰 무리 없이 장사를 치를 수 있게 된 것을 다들 다행으로 여겼다. 시신은 하룻밤 사이에도 걷잡을 수 없이 부패하여 관을 놓았던 자리가 젖어 있었다. 운구하던 사람들이 코를 돌릴 만큼 악취도 심하였다. 여름철도 아닌 겨울에 ─하고 나는 생각했다─ 시신이 저 지경이라면, 그 부패의 원인은 밖에 있는 게 아니라 안에 있음이 분명하리라. 그렇다면 사자의 체내에 남아서 그것을 급속히 부패시키고 있는 것은 무엇일까. 어쩌면 고인의 불가해한 생애와도 깊은 관계가 있는 어떤 것인지도 모를 일이라고 나는 생각했다.

영구차 한 대로 우리는 화장장으로 향했다. 고인의 평소 뜻에 따라 화장을 택했노라고 종수는 말했다. 나로서는 이의를 제기할 이유가 없었다. 차라리 그 편이 가장 완벽한 방법이기도 하다고 나는 생각했다. 내가 밤차를 타고 오던 때처럼 눈발이 조금씩 내비치고 있었다. 영구차는 눈 덮인 산자락을 끼고 터덜터덜 굴러갔다. 입을 떼는 사람은 아무도 없었다.

사자와 더불어 묵묵히 흔들리기 한 시간 남짓 우리가 탄 영구차는 화장장에 닿았다. 낮게 가라앉아 있는 잿빛 하늘 아래 작고 흰 건물이 보였다. 그것은 내게 주검보다 더 차고 견고하고 황량한 느낌을 주었다. 현장 인부들에 의해 관이 들리워 나갔고, 그것이 전기로를 거쳐 한 줌의 재로 다시 우리에게 돌아오기까지, 우리는 시골역 대합실 같은 방에서 장시간 기다려야만 되었다. 그것은 살아 있는 자들이 경험할 수 있는 가장 삭막하고 허무한 기다림이었다.

창밖에서는 눈발이 내내 조금씩 날리다 멎고 또다시 날리다 멎곤 하였다. 눈 덮인 구릉과 얼어붙은 골짜기가 우리들의 마음처럼 춥고 쓸쓸하게 내려다보였다. 가져간 술을 나누어 마시면서 우리는 마지막으로 고인을 추억했다. 그나마 최근 몇 해 동안에는 침구사로서의 새 생활에 무척 열심이셨다면서 종수는 그제서야 내 앞에서 눈물을 보였다.

"생각하마 그기 억울하다 아입니꺼. 세상 사는 일에 도통 뜻이 없어 하던 분이 가로늦게 한 일을 잡았능가 해싶었는데 그마 덜컥 쓰러질기 뭡니꺼. 그날도 가봐야 할 환자가 있닥고 새벽같이 깨워달락고 했다는 얘기라요……."

종수의 말이 어쩌면 사실에 가까울는지도 모른다고 나는 생각했다. 살아 생전에 내가 고인을 마지막 본 것은 칠팔 년 전의 일이 된다. 내 어머니의 장례 때 참석치 못했던 그는 어느 날 불쑥, 그것도 내 직장으로 찾아왔던 것이다. 첫 모습에서 나는 그가 이제 막 출감出監하는 길임을 알아볼 수 있었다. 내가 들은 바로는 그때가 네 번째의 출감에 해당했다. 철 지난 옷을 후줄근하게 걸친 그는 꼭 그 차림에 어울리는 표정을 하고 내게 말했다.

"형수님께서 운명하셨단 소식은 저 안에서 들었네. 지금이락도 무덤이나마 찾아봤으마 하는데, 자네 그럴 만한 짬을 낼 수 있겠능가?"

두말없이 나는 앞장섰다. 서둘면 퇴근 시간 전에 돌아올 수 있겠다고 어림했지만 물론 그렇게는 되지 않았다. 근교라고는 해도 우리가 묘소에 닿은 것은 해가 설핏한 때였다. 내 어머니의 봉분에는 잔디가 제법 깊고 넓게 뿌리를 내리고 있었다. 그는 지석 앞에다 이 홉들이 소주 한 병과 쥐치포 몇 쪽을 호주머니에서 꺼내놓았다. 그러고는 허리를 꺾고 무릎을 꿇은 채 오래도록 일어나지 않았다. 혼신의 힘을 다해 오열을 참고 있음이 분명했다. 그러나 끝내는 땅바닥에 얼굴을 박은 채 그는 신음 같은 울음소리를 냈다.

"자네 아버님 제살랑 오월 중 적당한 날을 택해 모시도록 하소. 가급적이면 중순 이전이 좋겠네."

돌아오는 차중에서 그는 불쑥 말했다. 나는 멍하니 얼굴을 쳐다보았다. 그때까지도 나는 아버지의 제사를 모시고 있지 않았기 때문이다. 그것은 내 어머니의 줄기찬 희망 때문이었다. 6·25 한 해 전에 영영 행방을 감추어버린 아버지가 세상 어딘가에 아직도 살아 계시리란 희망을, 내 어머니는 마지막 순간까지도 포기하지 않고 있었던 것이다.

해마다 주인 없는 생일상만을 차려왔던 일을 생각하고 나는 다음 말을 기다렸다. 그러나 그는 어둠이 엷게 깔리기 시작한 창밖 거리만을 내다볼 뿐 더 이상 말이 없었다. 버스에서 내리는 길로 그는 곧장 서울역으로 가버렸다. 내 집으로 모시마고 나는 물론 말했지만 그는 단지 이렇게 대꾸했을 따름이었다.

"도리가 아닌 줄은 알지마는 어쩌겠노. 나야 워낙 그런 사람 아닌가? 빈 껍데기만 남아서 넝마매로 굴러 댕긴다뿐이지, 진짜 모습은 진작에 끝난 거네. 인제사 생각하마, 기왕 한 구덩이 묻히지 못한 것만 원통할 따름이제……. 자네 집사람한테는 날 만났단 얘기도 하지 마소."

나는 더 이상 그를 잡지 않았고, 그런다고 돌아설 사람도 아니었다.

그날 밤 내내 잠을 설치면서 나는 그가 남긴 말을 곰곰 되씹었었다. 적어도 한 가지 사실만은 분명했다. 그는, 삼촌은 내 아버지의 죽음을 목격했던 것이다……. 어쩌면 그의 가슴에 남아 있는 상흔과도 관계가 있는 건지 모른다고까지 나는 생각했다. 비로소 나는 그를 좀 이해할 수 있을 것 같았다. 제대를 하고 돌아온 삼촌의 모습, 눅눅한 골방에 드러누워 누에처럼 보내던 생활. 재수술을 거부하며 그가 내뱉었던 말들, 궂은 날이면 육신의 어딘가가 아프다면서 오밤중에도 곧잘 끙끙 앓던 일, 그리고 또 갈수록 말수가 줄어든 대신 뿌리가 점점 더 깊이 느껴지던 기침 소리 등등…… 그랬다. 옛날과는 생판 모습이 달라져버린 그 삼촌에게서 나는 문득문득 어딘가로 종적을 감추어버린 내 아버지의 모습을 발견하곤 했던 것이다.

그러나 그렇다고는 해도 그의 기이한 행적들을 죄다 이해할 수 있었던 것은 물론 아니었다. 귀가 한 해가 가까워오던 이듬해 초여름에 삼촌은 최초의 범법 행위를 저질렀다. 구닥다리 엠원 소총을 몰래 꺼내들고 사냥을 나갔던 그는 멧돼지 대신에 사람을 쏘았던 것이다. 공판정에 서 있던 삼촌의 모습을 나는 잘 기억해 낼 수 있었다. 표적물을 착각한 것은 아니냐는 질문에 대해 그는 단호히 대답했었다.

"천만에, 사람인지 짐승인지 쯤은 충분히 식별할 수 있는 상황이었임더."

"그렇다면 상대의 얼굴도 알아볼 수 있을 정도였는가?"

"물론임더. 낯선 얼굴이었임더."

"낯선 사람을 쏜 이유가 무엇인가?"

"……."

"그럼 다시 묻겠는데 자기 방어가 목적이었는가, 아니면 살해가 목적이었는가?"

"처음엔 산짐승이 움직이고 있거니 생각했임더. 잔뜩 긴장하고 있는데 표적이 불쑥 노출됐습니더. 가늠쇠 위에 떠오른 것은 분명 사람의 얼굴이었임더. 그것도 낯선……. 갑자기 살의殺意의 충동이 나를 사로잡았고 그러자 상대가 쓰러졌임더."

"최초의 일발을 발사한 후 상대가 쓰러진 뒤에도 다시 두 발을 더 발사한 이유는?"

"상대가 픽 쓰러지는 것을 보았을 뿐 나 자신은 방아쇠를 당긴 기억도 또 총성을 들은 기억도 없었기 때문임더."

일테면 그것이 삼촌의 기이한 생애의 시작이었던 셈인데, 그 이후의 거듭된 행적에 대해서는 여전히 나로선 이해할 길이 없었던 것이다. 그는 불법 무기 소지와 살인 미수로 육 년형을 살았었다. 출감 후 내 어머니는 서둘러 그를 장가 들였지만 결혼 두 해 뒤에 그는 다시 재범을 했고, 재출감 일 년도 못 되어 삼범을 기록했다. 두 번째는 강도 미수, 세 번째는 강도 상해였다. 전과가 거듭될수록 적어도 외형상으로는 동기가 단순해져 갔고 그에 비례하여 죄질도 저열해졌던 것이다. 그럼에도 불구하고 내가 그의 기이한 행적을 도무지 이해할 수가 없었던 까닭은, 그가 결코 경제적인 동기에서 범법을 거듭하고 있다고는 생각되지 않았기 때문이었다. 몰락한 가계라고는 해도 그에게는 상속받은 유산이 있었을뿐더러 그나마 경영하는 일에도 그는 도무지 뜻이 없어 했던 것이다.

사자는 이제 말이 없다. 아무도 예기치 않았던 순간에 그는 갑작스럽게 자신의 생애를 마감해 버린 것이다. 생애의 태반이 그러하듯 그 죽음까지도 우리가 쉽사리 이해할 수 없는 그런 것으로 남겨둔 채 그는 영영 함구해 버린 것이다. 또 한 번 관 뚜껑을 열어젖힌다고 한들 우리가 어떻게 그의 죽음, 그의 생애를 납득할 수 있을 것인가. 그렇다면 그의 침묵을 보다 영원한 것으로 만들어놓는 것 외에 우리가 할 수 있는 일은 아무것도 없다고 나는 생각했고, 따라서 이 지긋지긋한 장례가 빨리 끝나주기만을 열렬히 소망했다.

고인을 다시 대한 것은 일몰이 가까운 시각이었다. 유해를 받아 안았을 때 상주인 종수가 보인 반응은 무슨 말로도 표현할 재간이 없다. 그의 표정은 차라리 백치의 그것에 가까웠다고나 해야 할 그런 것이었다. 하지만 보다 더 나의 관심을 끌었던 것은 한지에 쌓인 한 줌의 재도, 그것을 받아든 종수의 표정도 아니었다. 나를 사로잡은 것은 아주 작고 단단한 파편 한 조각에 지나지 않았다. 그러나 쇄골碎骨 과정에서 발견했다면서 작업장 인부가 그것을 내 손바닥 위에다 장난스럽게 올려놓았을 때 나는 흡사 쇠공이 같은 것으로 정문頂門을 강타당한 듯한 충격을 받았던 것이다.

그것은 의심할 나위 없이 고인의 오른쪽 가슴 어딘가에 깊숙이 박혀 있던 바로 그 파편 조각이었다. 외과 수술로도 적출해 낼 수 없었던 그 작고 단단한 쇳조각은 암처럼 체내에 뿌리를 내린 채 마지막 순간까지도 고인의 생명을 지배해 왔음이 분명하다고 나는 생각했다. 어둠이 서서히 묻어오는 하늘에 눈발은 여전히 엷게 날리고 있었다. 매운 바람 속을 묵묵히 걸어내려오면서 나는 문득 심한 자괴自愧를 의식했다.(《한국문학》82. 6)

익명의 섬

이 문 열

1948년 경북 영양 출생.
1977년 《매일신문》에 신춘문예 단편 〈나자레를 아십니까〉가 당선되어 등단.
1979년 장편 《사람의 아들》로 오늘의 작가상 수상.
1982년 《금시조》로 동인문학상 수상.
1983년 《황제를 위하여》로 대한민국문학상 수상.
1984년 《영웅 시대》로 중앙문화대상 수상.
1987년 《우리들의 일그러진 영웅》으로 이상문학상 수상.
1992년 《시인과 도둑》으로 현대문학상 수상.
1998년 《전야 혹은 시대의 마지막 밤》으로 21세기문학상 수상.
1999년 《변경》으로 호암예술상 수상.

익명의 섬

"쯧쯧……."

늦은 저녁을 마친 뒤 TV를 보고 있던 남편이 한심한 듯 혀를 찼다. 짐작대로 화면에는 두 손이나 옷깃으로 얼굴을 가린 채 웅크린 남녀들이 경찰서 보호실 한구석에 몰려 있는 모습이 여러 각도에서 잡혀 있었다. 도박인가 싶었으나 비밀 댄스홀이었다. 대낮인데도 어둑한 조명 아래서 춤을 추다가 끌려왔다는 것인데, 아나운서는 '춤추다'라는 말 대신 남녀가 몸을 부비고 있었다고 표현함으로써 분위기를 더욱 부도덕하고 선정적煽情的인 것으로 이끌고 있었다.

"도대체가 우리 시대는 너무 쉽게 익명匿名이 될 수 있어서 탈이야."

남편이 그걸 보며 개탄조로 시작했다. 이미 몇 번인가 들은 말이어서 그 뒤는 듣지 않아도 어림잡을 만했다. 도회에서는 자신이 살고 있는 동네로부터 버스 정류소 하나 정도만 벗어나도 우리를 알아보는 사람은 거의 없어지고 만다. 그런데 손쉽게 자기를 감출 수 있다는 것, 즉 익명성匿名性의 획득은 사람들을 대담하게 만든다. 그것이 우리 시대의 도덕적 타락, 특히 여자들의 성적性的 부패를 부추기는 요인이다……. 남편은 대개 이런 식으로 몰고 가다가 결론은 그가 자란 고향의 동족 부락同族部落을 그리워하는 것으로 맺곤 했다.

"면面 전체가 서로서로를 물밑 들여다보듯 아는 사이지. 그것도 태반은 멀건 가깝건 혈연으로 묶여 있어. 여자들의 탈선이란 여간한 각오 없이는 엄두도 못 낼 일이야. 가끔씩 가까운 읍내를 이용해 보지만 그것도 이르든 늦든 알려지게 되어 있어……."

하지만 그런 남편의 말을 듣고 있으면 내게는 무슨 반발처럼이나 떠오르는 옛일이 하나 있다. 마땅히 남편에게 죄스러워하고, 어쩌면 스스로도 부끄럽게 여겨야 하지만, 지금은 물론 그때조차도 그저 아득하기만 하던 십여 년 전의 일이다.

그해 이른 봄 갓 교육 대학을 졸업한 나는 굳이 이름을 밝히고 싶지 않은 어느 시골 국민학교에 첫 부임을 하게 되었다. 군청 소재지에서 육십 리 가까이 떨어진 곳이었는데, 그것도 그 너머에는 도저히 사람이 살 것 같지 않은 높고 험한 재〔嶺〕를 두 개나 넘어야 되는 산골이었다.

약간 비탈진 곳에 자리 잡은 버스 정류소에 처음 내렸을 때 나는 한동안 막막한 기분이었다. 사방을 둘러싼 높은 산들은 일평생 나를 가두어둘 거대한 감옥의 벽처럼 느껴졌고, 저만큼 보이는 백여 호戶 정도의 마을도 사람들이 모두 떠나버린 폐촌廢村인 것만 같았다. 그런데 어디 산그늘에라도 묻힌 것인지 내가 찾아가야 할 학교가 아무래도 눈에 띄지 않았다.

그 사이 함께 내린 두어 명의 승객도 모두 어디론가 가버린 후여서

나는 가까운 가겟집에나 물어볼 양으로 걸음을 옮겼다. 서너 발자국이
나 옮겼을까, 나는 피부를 찔러오는 날카로운 빛 같은 것을 느끼며 걸
음을 멈추고 앞을 살폈다. 그러나 내 눈에 들어오는 것은 가겟집 툇마
루에 앉아 몽롱하게 나를 바라보고 있는 어떤 사내였다. 때 묻고 해진
아랫도리는 원래의 천이 어떤 것이었는지 짐작이 안 갈 정도였고, 물
들인 군용 점퍼도 소매가 해져 너덜거리고 있었다. 나는 좀 전의 그 강
렬한 빛 같은 것의 정체를 궁금히 여기며 자신도 모르게 그 사내의 얼
굴을 살폈다. 검고 깡마른 얼굴에 우뚝 솟은 코와 광대뼈 — 그런데 그
때였다. 나는 다시 피부를 찔러오는 것 같은 그 빛을 느꼈다. 이내 몽
롱한 광기狂氣 속으로 숨어들어 버렸지만 분명 그의 두 눈에서 쏘아져
나온 빛이었다.

어떤 무성한 숲길에 들었을 때, 그 잎새에서 뱀을 보면 그것은 그 숲
길을 다 지날 때까지 하나의 공포이다. 그러나 그 공포는 단순한 두려
움의 감정과는 다른, 신선한 충격 또는 묘한 기대와도 같은 것으로서,
무사히 그 숲길을 빠져나오고 나면 일종의 허전함이나 아쉬움이 되기
도 한다. 사내의 두 눈에서 언뜻 비쳤던 그 빛도 그러하였다.

그런데 내 그런 느낌을 일순의 착각으로 만들어준 것은 갑자기 가게
문을 열고 나온 주인 남자였다.

"깨철이 이노마야, 니 아까부터 거기 앉아 뭐하노?"

주인 남자는 자기보다 대여섯은 위로 보이는 그 사내에게 서슴없이
말을 낮췄다. 그걸로 보아 그 사내는 떠도는 걸인이 아니라 그 마을에
붙어사는 사람인 모양이었다. 그러나 깨철이란 그 사내는 들은 척도 않
고 여전히 몽롱한 눈길로 나만 쳐다보았다. 이미 말한 대로 징그럽다기
보다는 까닭 없이 섬뜩해지는 눈길이었다.

"일마가 귀가 먹었나? 일나라."

주인 남자가 그에게 다가가 제법 소리나게 등짝을 후려치면서 머뭇
머뭇 다가오는 내게 물었다

"어서 오소. 뭘 찾십니까?"

그제서야 나는 내 몸에 끈적끈적 묻어나는 듯한 그 사내의 눈길을 떼
어내기라도 하듯 야멸차게 말했다.

"××국민학교가 어디죠?"

"하, 그러고 보이 새로 오신다는 여선생님인 모양이구만. 가만있
자……"

주인 남자는 갑자기 친절이 넘치는 얼굴이 되어 주위를 둘러보았다.
마침 가게 뒤에서 여남은 살쯤 돼 보이는 소년이 하나 나왔다.

"야, 니 여 좀 온나 보자."

"도곡 아재 왜요?"

"새로 오신 선생님인 갑다. 학교까지 쫌 모시고 가라."

그리고 내게 공연히 미안한 얼굴로 중얼거렸다.

"학교란 게 코딱지만 한 주제에 조쪽 산자락에 숨어 있어서……"

순순히 앞장서는 소년을 따라 나서려는데 여전히 깨철이란 사내의
눈길은 나를 쫓고 있었다. 그 사이 평온을 회복한 나는 짐짓 매서운 눈
길로 그를 쏘아주고는 자리를 떴다.

소년과 함께 학교를 찾아가면서 얼핏 알게 된 그 마을의 인적人的 구
성은 좀 독특했다. 소년은 만나는 사람마다 꾸벅꾸벅 인사를 했는데 그
게 모두 무슨 아재요 무슨 할배였다. 도회지에서 자랐고 친척이라면 일
년에 한두 번씩 드나드는 큰집 작은집밖에 모르는 내게는 이상하게 느
껴질 정도였다.

그런 현상은 교실에서도 마찬가지였다. 학급의 절반이 같은 성씨였
고, 또 성이 달라도 고종이니 하는 식으로 서로 얽혀 있었다. 드물게 보

존된 동족 부락이었다. 나중에 알게 된 일이지만 남북으로 지나가는 실낱같은 국도國道 외에는 사방이 산으로 겹겹이 둘러싸인 데다가 이렇다 할 특산물도 없어 타성他姓들의 유입流入이 별로 없는 탓이었다.

첫인상의 기묘함에도 불구하고 그 뒤 나는 한동안 깨철이란 사내를 잊고 지냈다. 물론 그는 언제나 일없이 마을을 어슬렁거리는 쪽이었고, 그래서 하루에도 몇 번씩 그의 초라한 몰골과 몽롱한 눈길을 대하곤 했지만, 그런 그에게 관심을 기울이기에는 새로 시작한 내 생활이 너무 바쁘고 고되었기 때문이었다. 그곳은 내게는 첫 부임지인 데다 그곳에서의 생활 또한 내가 처음으로 집을 떠나 하게 된 타향살이였다.

그러다가 어느 정도 새로운 생활에 익숙해지고 마음도 여유를 얻게 되자 나는 차츰 주위에 관심을 가지게 되었는데, 그때 가장 먼저 떠오른 것이 깨철이였다.

우선 눈에 띄는 것은 그의 출신이었다. 그는 그 고장 출신도 아니고, 그렇다고 그곳 누구의 피붙이거나 인척도 아니었다. 어느 핸가 우연히 흘러들어 와 사십이 넘은 그때까지 어른에게도 깨철이요 아이에게도 깨철이로 살아왔다.

그 다음 이상한 것은 그의 생계였다. 나는 처음 잡일이나 막일로 지내는 줄 알았으나 나중에 보니 전혀 하는 일 없이 매일을 보냈다. 그러면서도 그는 어렵지 않게 하루 세끼의 밥과 저녁에 누울 잠자리를 그 마을에서 얻고 있었다.

예를 들어 끼니 같으면 이렇게 해결됐다. 저녁나절 밥상을 둘러앉았을 시간이 되면 그는 아무 집에나 불쑥 들어간다.

"밥 좀 다고."

누구도 그에게 말을 올리지 않는 것처럼 그 또한 누구에게도 존대를 쓰지 않았다. 그런데 이상한 것은 주인의 반응이었다. 대개는 그런 깨

철이의 요구를 귀찮게 여기지 않을 뿐만 아니라 오히려 즐기는 것 같
았다.

"등신이라도 먹어야 살제. 여 밥 한 그릇 말아줘라."

그러면 주인 아낙은 큰 보시기나 양푼이에 밥, 국, 김치 할 것 없이
한꺼번에 말아 내밀고, 그걸 받아든 그는 멍석 귀퉁이나 마루 끝에 앉
아 후룩후룩 마시고 가는 것이었다.

"잘 먹고 간다."

"고맙다꼬는 안 카나?"

"내 밥 내 먹고 가는데 무신 소리."

그리고 어슬렁어슬렁 나가면 그 뒤 두어 달은 그 집에 얼씬도 않았다.
내가 가만히 헤아려 보니 그 날수가 대개 마을 호수戶數와 비슷했다.

잠자리도 마찬가지였다. 대개는 정자나 동방洞房을 빌어 자는데 그도
날이 좀 춥거나 미처 군불 땔 나무를 준비하지 못한 날이면 어김없이
마을을 돌았다.

"너 집에 좀 자자."

"목욕하고 오믄 재워주마."

"이불 필요 없다. 니는 너 마누라한테 가서 엎어지면 될 거 아이가?"

대개 그렇게 되는데, 그 과정이 너무도 자연스러웠다.

그러고 보면 그와 마을 사람들과의 관계는 확실히 묘한 데가 있었다.
남자들은 한결같이 그를 반편이나 미치광이 취급을 했지만, 그 뒤에는
어딘가 그가 정말은 그렇지 않을는지도 모른다는 의심을 애써 감추려
는 어떤 꾸밈이나 과장 같은 것이 엿보였다. 여자들도 그를 반편이나
미치광이 취급하는 것은 남자들과 다름없었지만, 그런 그녀들을 지배
하는 심리 뒤에는 단순한 동정 이상 어떤 보호 본능에 가까운 것이 있
었다. 하지만 아무래도 알 수 없는 것은 그가 마을 전체의 부양을 받으

며 마을의 성원이 될 수 있는 이유였다. 일을 잘하는 것도 아니요, 무슨 남 안 가진 기술이 있지도 않았으며, 재담이나 익살로 마을 사람들의 환심을 사는 일도 없었다.

그런데 거기에 대한 내 의문에 희미한 암시 같은 사건이 하나 벌어졌다. 그곳에 부임한 지 여섯 달인가 일곱 달쯤 되는 어느 날 나는 퇴근길에 하숙집 앞 공터에서 큰 소동이 일어난 것을 보았다. 어떤 젊은 남자가 말 그대로 깨철이를 짓뭉개고 있었는데, 이상한 것은 때리는 쪽도 맞는 쪽도 그 원인에 대해 말하지 않는 일이었다. 젊은 남자는 지게 작대기건 장작개비건 손에 짚히는 대로 말없이 깨철이를 후려치기만 했고, 깨철이는 또 깨철이대로 고슴도치처럼 몸을 웅크린 채 이따금씩 짧은 신음만을 토할 뿐이었다.

어쩔 줄 모르고 보고 있는 사이에 여기저기 마을 사람들이 모여들었다. 그 무자비한 폭행의 원인을 설명하는 것은 그 사람들이었다.

"이 사람 화천花川이, 이 무슨 못난 짓고? 우리가 집안끼리 모두 서로 보고 있는데 설마 그런 일이야 있었을라꼬."

"화천 아재, 진정하소. 이 빙신이 무신 그런 짓을 하겠능교?"

"맞다. 화천이 니 낯 깎이고 집안 우세다. 우리 문중이 여기 삼백 년 세거世居해 왔지만 서방질로 쫓기난 며눌네는 없다."

남자들은 한결같이 그렇게 말렸는데, 내게는 어쩐지 상대방에게 말하는 것이 아니라 스스로에게 다짐하는 말같이 들렸다.

"보소 화천 양반요, 화천댁 체면도 좀 생각해 주소. 세상에 어디 남자가 없어 저런 빙신하고 뭔 일을 벌이겠능교?"

"맞지러. 화천 아지뱀 같은 멀쩡한 신랑 놔두고 뭣 때매 저런 병신과…… 생사람 잡지 마소."

"억지라도 유분수제. 마흔이 넘도록 색시 얻을 꿈도 안 꾸는 고자보고……."

좀 나이가 지긋한 여자들도 대개 그렇게 말렸는데, 그 말투는 그가 병신이라는 것이 마치 그를 구해 줄 무슨 영험한 부적이라도 되는 듯하였다. 그러나 더욱 이상한 것은 아직 나서서 말릴 처지가 못 되는 좀 젊은 아낙네들이었다. 그녀들은 한결같이 성난 눈길로 깨철이가 아니라 장작개비를 휘두르는 젊은 남자 쪽을 쏘아보고 있었다.

다행히 소동은 오래가지 않았다. 그러나 나는 그 갑작스러운 소동을 통해 막연하게나마 깨철이의 존재가 마을 사람들에게 묵인되는 이유를 알 것 같았다. 모두가 모두에게 혈연이나 인척이라는 것은 동시에 모두가 모두의 감시자, 특히 부도덕한 행위에 대한 감시자란 뜻도 되었다. 깨철이의 존재는 거기서 오는 그 마을의 폐쇄성 중에서 특히 성적性的인 것과 어떤 연관을 가졌음에 틀림없었다.

나의 그런 추측은 언젠가 가까운 개울가에서 무심코 엿듣게 된 그 동네 아낙네들의 수군거림을 통해서도 뚜렷해졌다. 그날은 무더운 여름 밤이었는데 발이라도 식히려고 개울가에 나갔던 나는 수면의 반사 작용 덕인지 꽤 먼 곳의 수군거림까지 들을 수 있었다.

"영곡댁 알라(애기) 깨철이 닮은 것 안 같더나?"

"형님, 그카지 마소. 또 애매한 깨철이 초죽음 시킬라꼬."

"내가 뭐라 카나? 그냥 해본 소리따."

"그래도…… 깨철이는 갈 데 없는 빙신 아입니꺼?"

"글체, 빙신이제. 깨철이는 빙신이라."

그녀들은 마치 서로 다짐하듯 그렇게 끝을 맺었는데 그 어조에는 어딘가 공범자끼리의 은근함이 있었다. 그제서야 나는 깨철이의 숨겨진 무서운 면을 본 느낌과 함께 마을 아낙네들이 가장 경멸스럽게 그를 애기할 때조차도 그 뒤에서는 이상한 보호 본능 같은 것이 느껴지던 이유를 짐작할 수 있었다. 깨철이가 힘들여 일하지 않고도 하루 세끼 밥과 누울 잠자리를 얻을 수 있는 것 또한 절반 이상이 그런 아낙네들에 힘입은 것이리라. 그러나 나머지 절반, 즉 남자들이 그와 같은 깨철이의 존재를 묵인하는 데 대해서는 여전히 그 까닭을 알 수가 없었다.

지금까지 얘기한 것은 단조로운 생활과 그 무료함에 자극된 까닭 모를 호기심으로 제법 세밀하게 마을과 깨철이를 관찰한 결과였다. 학교라고는 하지만 통틀어 여섯 학급, 그나마 정원이 차지 않은 반도 있을 정도인 데다, 워낙이 산골이라 감사나 시찰 같은 것도 거의 없다시피 했기 때문이었다.

하지만 2학기에 접어들면서 나는 더 이상 깨철이나 그 마을을 관찰하고 있을 여유가 없어져버렸다. 그해 여름방학을 집에서 보내던 나는 몇몇 친구들과 해수욕을 갔다가 당시 대학교 4학년이던 지금의 남편과 만나게 된 것이었다. 처음에는 그저 스쳐가는 바람인가 싶었으나 차츰 우리들은 뜨겁게 발전했다. 그가 나와 한 도시에 산다는 것 외에도 취미나 성격상의 닮은 점이 우리 사이를 생각보다 빨리 가깝게 만든 까닭이었다.

그리하여 2학기에 그 마을로 돌아가서부터는 홍수처럼 쏟아지는 그의 편지를 읽는 것과 거기에 꼬박꼬박 답장하는 것만으로도 밤이 짧을 지경이었다. 내 머리는 언제나 그의 생각으로 가득하고 상상은 또한 언제나 그가 있는 도시를 맴돌았다. 세상의 어떤 것도 그와 관련된 것이 아니면 도무지 내 흥미를 끌 수가 없었다.

그렇게 그해의 나머지가 가고 다시 이듬해 봄이 왔다. 다행히 양쪽 집에서 모두 크게 반대가 없어 졸업과 함께 나와 약혼한 남편은 이어 군에 입대하게 되었다. 그리고 그 무렵을 전후하여 나는 이미 남자를 깊이 아는 여자가 되어 있었다. 겨울방학 때도 이미 사흘간의 여행을 남편과 함께 다녀온 적이 있었지만, 특히 약혼 후에 맞은 학년 말 휴가는 거의가 입대를 앞둔 남편과 함께 보낸 셈이었다.

입대 후에도 남편의 홍수 같은 편지는 계속됐고, 오히려 전보다 더욱 달아오른 나는 그 답장에 열중했다. 마을 어디선가 불쑥불쑥 나타나서 나를 살피는 그 눈길에 가끔씩 섬뜩해할 때가 있긴 해도 깨철이는 여전히 나의 관심 밖에 있었다.

그러다가 깨철이가 느닷없는 충격으로 나에게 덮쳐오게 된 것은 남편에게 닥친 뜻밖의 변화 때문이었다. 입대한 지 다섯 달인가 여섯 달만에 남편이 월남 전선으로 차출된 일이었다. 삼 년만 조용히 기다리면 되는 것으로 알았던 나는 처음 그 소식을 듣자 정신이 아뜩하였다. 그때만 해도 월남에 가는 것은 곧 죽을 땅으로 가는 것처럼 여기던 때라 나는 거의 절망적인 공포에 사로잡혔다. 그리고 그 공포는 이내 남편에 대한 그리움으로 불타올랐다. 마음뿐만 아니라 몸까지 뜨겁게 타오르게 하는 세찬 그리움의 불꽃이었다.

나는 아무런 부끄럼 없이 남편에게 썼다. 단 한 번, 단 한순간이라도 좋으니 다시 한 번 그의 품에 안기고 싶다고. 다시 한 번 따뜻한 그의 체온과 뜨거운 숨결을 느끼고 싶다고. 무슨 수를 쓰든 꼭 한 번 다녀가 달라고. 남편의 답장은 곧 왔다. 그것은 반갑게도 파병 전에 일주일 정도의 휴가가 있으리라는 것과 그 기간 중 며칠을 빼내 나를 만나러 오리라는 것을 알리고 있었다.

남편이 오기로 되어 있는 그 일주일을 나는 마치 열에 들뜬 사람처럼 보냈다. 그러나 남편은 끝내 오지 않았다. 나중에 들은 것이지만, 그때 남편은 친구들과 어울려 지나치게 마신 바람에 나에게서 보내려고 비워둔 이틀을 앓아누워 버린 탓이었다.

남편이 올 수 있는 마지막 날, 오후 다섯 시 막차까지 그냥 지나가 버리자 나는 그 자리에 풀썩 주저앉고 싶을 정도로 허탈한 심경이었다. 결근이라도 하고 그가 있는 곳으로 달려가지 못한 것이 그제서야 뼈저리게 후회되었지만 이미 소용없는 일이었다. 그런데 한 가지 알 수 없는 것은 그런 허탈함 가운데서도 식을 줄 모르고 달아오르는 내 몸이었다. 아니, 그 이상 남편의 품에 안길 것을 상상하며 보내온 지난 일주일보다 그가 이제는 올 수 없다는 것을 뚜렷이 알게 되면서부터 더 뜨겁게 달아오르는 것 같았다.

나는 허탈함 못지않게 내 몸을 사로잡은 그 묘한 열기에 취해 거의 몽롱한 기분으로 버스 정류소를 떠났다. 그러다가 갑작스러운 소나기에 언뜻 정신이 든 것은 버스 정류소와 하숙집의 중간쯤 되는 길 위에서였다. 이미 초가을에 접어들고 있었음에도 장대 같은 소낙비였다. 얼결에 주위를 둘러본 나는 길가에 있는 조그만 창고를 발견하고 그리로 뛰어갔다. 처음 나는 그 처마에나 붙어 서서 비를 긋고 갈 작정이었다. 그러나 워낙 빗발이 세고 바람까지 일어 차츰 빗장이 질려 있지 않는 함석문께로 밀리게 되었다.

한참을 기다려도 빗발은 점점 세어져―이윽고 나는 함석문을 열고 창고 안으로 들어갔다. 평소 비료 같은 것들을 쌓아두는 그 창고는 그날따라 텅 비고 조용하였다. 혹시 사람이 있을지도 모른다고 생각한 나였지만, 그 지나친 고요에 차근히 창고 안을 살펴볼 생각도 않고, 열려진 문틈으로 쏟아지는 소낙비만 망연히 바라보았다. 지나친 방심이라기보다는 작은 벌레들처럼 스멀거리며 내 몸을 돌고 있는 그 묘한 열기에서 깨어나지 못한 탓이었다.

어쨌든 창고 안을 자세히 살피지 않은 것은 큰 실수였다. 튀는 빗발을 피해 내 몸이 완전히 창고 속으로 들어가자마자 어둠 한구석에서 누군가가 재빨리 달려나와 창고 문을 닫고 빗장을 질렀다. 실로 눈 깜짝할 사이의 일이었다.

"누구예요? 문 열어. 소리 지를 테야."

나는 그 갑작스러운 사태에 본능적인 공포를 느끼며 날카롭게 소리쳤다.

"떠들어야 소용없어. 소나기 오는 들에 사람 나다니는 것 봤나?"

약간 쉰 듯한 목소리와 함께 집게 같은 손이 내 팔목을 죄었다. 처음 그림자가 퍼뜩할 때의 직감대로 깨철이었다. 그가 누구인 것을 알자 이상하게도 나를 사로잡고 있던 공포가 일순에 사라졌다.

"깨철이지? 이거 못 놔?"

나는 제법 마을 사람들이 하는 식으로 으름장까지 놓았다. 그러나 그는 대답 대신 창고 바닥에 깔린 짚검불 위에 나를 쓰러뜨리더니 내 치맛자락을 거칠게 감아쥐었다.

"험한 꼴로 하숙집에 돌아가기 싫거든 곱게 벗어."

그러나 그때까지만 해도 나는 그에게서 빠져나오려고 기를 썼다. 그런 나를 덮쳐누르고 있던 그가 다시 뜨거운 입김을 내 귓가에 뿜으며 중얼거렸다.

"이 깨철이 다른 건 몰라도 언제 너희들이 나를 필요로 하는지는 정확히 알지. 지금 네 몸은 달아 있을 대로 달아 있어."

그 말을 듣자 이번에는 묘하게도 내 몸에서 힘이 쭉 빠졌다. 대신 잠깐 잊고 있었던 묘한 열기가 다시 스멀거리기 시작했다. 그런 내 귀에다 그가 다시 이죽거렸다.

"오후 내내 지켜보고 있었지. 정류소에서 안절부절 기다리고 있을 때부터……."

그러면서 그는 능란하게 내 몸을 더듬었다. 나는 차츰 몽환夢幻과도 흡사한 상태에 빠져들면서 모든 저항을 포기하고 말았다. 회상하기에도 민망스럽지만, 어쩌면 그때 나는 당했다기보다는 차라리 그와 한 차례의 정사情事를 즐긴 것이나 아닌지 모르겠다. 남의 아내 된 여자로서 한 가지 변명을 삼을 것이 있다면, 그 절정의 순간에도 내가 떠올리고 있었던 것은 다름 아닌 남편의 얼굴이었다는 것 정도일까.

그 일이 있고 난 뒤의 한동안을 나는 은근한 걱정에 잠겨 보냈다. 깨철이가 다시 내 방으로 뛰어들지 모른다는 불안과 함께 그 일이 동네방네 알려져 내 삶에 어떤 치명적인 위해危害를 가할지도 모른다는 우려 때문이었다. 그러나 남편에 대한 죄의식이나 도덕적인 가책으로 괴로워한 기억이 별로 없었던 것은, 지금에 와서 보면 한심스럽다기보다는 기이한 느낌이 든다.

우려와는 달리, 깨철이는 그 뒤 신통하리만큼 내 주위에는 얼씬도 않았다. 나에 대한 무슨 수상한 소문이 마을을 떠도는 것 같지도 않았다. 내가 당한, 엄청나다면 엄청나달 수도 있는 그 일에 비해 너무도 깨끗한 뒤끝이었다. 하지만 그렇게 몇 달이 지나간 후에야 나는 비로소 그 쉽잖은 절제와 함구가 깨철이를 지켜주는 또 하나의 중요한 보호막이라는 것을 깨달았다. 설령 그가 내가 우려하던 사태를 몰고 간다 하더라도, 나만 완강하게 부인하면 결정적인 불리不利를 입는 것은 그 자신일 것이 뻔했기 때문이다. 그리고 그것은 마을 아낙네들과의 관계에서도 마찬가지일 것이었다.

어쨌든 그 일로 나는 추측과 상상 속에 숨어 있던 그의 참모습을 확인함과 동시에 더욱 완전하게 그 마을 아낙네들을 이해하게 된 기분이었다. 극단으로 말한다면, 그는 모든 마을 아낙들의 연인 또는 잠재적 연인이었다. 그러나 그런 깨철이의 존재를 묵인하는 그 마을 남자들을 제대로 이해하는 데는 다시 얼마간의 세월이 필요했다. 계기는 그해 겨울방학이 가까운 어느 날 오후의 텅 빈 교무실에서였다. 그날 우연히 그 마을 출신의 남자 교원 하나와 단둘이 난롯가에 마주 앉게 된 나는 진작부터 그에게서 듣고 싶던 깨철이의 이야기를 넌지시 꺼내보았다.

"그는 백칩니다. 성 불구자요."

표현은 달라도 그 남자 교원의 주장 역시 보통의 마을 남자들과 다름이 없었다. 펄쩍 뛰듯 나서는 그를 보자 나는 이상스레 심술궂은 기분이 들며 그동안 내가 관찰한 것들을 증거로 대듯 차근차근 늘어놓았다. 물론 나 자신의 이야기만은 쑥 뺀 채였다.

"정말 놀라운 관찰력이십니다. 이 마을에서 나고 자란 나도 최근에야 짐작한 일이죠. 한 선생님께서 그렇게 예리하게 살피고 계신 줄은 몰랐습니다."

내 이야기를 가만히 듣고 있던 그 남자 교원은 나중에야 어쩔 수 없다는 표정으로 그렇게 수긍했다. 나는 기회를 놓치지 않고 다잡아 물었다.

"그런데 어째서 남자 분들까지 그 사람의 존재를 묵인하죠?"

"여러 가지 이유가 있겠지만—우선 두 가지로 말할 수 있지 않나 싶습니다. 그 하나는 얄팍한 자존심이고 다른 하나는 영악한 계산일 겁니다."

"자존심과 계산?"

"얄팍한 자존심이란 자기가 당했을 경우에 해당됩니다. 깨철이에 대한 우월감을 지키기 위해 그따위 인간에게 아내를 빼앗긴 것을 스스로가 인정할 수 없죠. 그보다는 멀쩡한 그를 병신이라고 우기는 편이 속 편합니다. 또 영악한 계산이란 남이 당했을 경우에 깨철이를 용서하는 방식이죠. 아시다시피 이 마을은 전부가 한 문중이고, 아니면 인척들입니다. 상피相避 붙거나 사돈끼리 배가 맞아 집안 망신을 당하느니보다는 차라리 뒤탈 없는 깨철이 쪽이 낫지 않겠습니까?"

"그렇다면 저번에 동네 가운데서 깨철이를 두들긴 사람은 어째서죠?"

"이건 제 관찰입니다만, 깨철이에게도 어떤 룰이 적용되고 있는 것 같습니다. 이를테면 지나치게 젊은 층은 피한다든가, 같은 상대와 두 번 다시 되풀이는 않는다든가— 왜냐하면 젊은 남편은 종종 앞뒤 없이 주먹을 휘두르는 수가 있고, 나이 지긋한 남자라도 여편네가 되풀이 그런 짓을 할 때는 참지 못하니까요. 그때도 아마 깨철이가 그런 식의 어떤 룰을 지키지 않아 생긴 소동일 겁니다."

그러다가 그 남자 교원은 내가 타성他姓이고 또 아직 미혼이라는 걸 떠올렸는지 갑자기 얼굴을 붉히며 어물어물 말을 맺었다.

"뭐, 이것은 순전히 제 추측입니다. 한 선생님께서 이미 세밀하게 관찰하신 뒤끝이라 함부로 말해 보았습니다만— 우리가 방금 나눈 대화, 혹시라도 마을로 흘러나가 말썽이 안 되도록 각별히 유의해 주십시오."

그렇게 말하는 그는 표정까지도 흔한 그 마을의 중늙은이들을 닮아 있었다. 나는 마지막으로 깨철이의 전력을 물어보았다. 그러나 그때 이미 그 남자 교원은 그 화제에 흥미를 잃고 있었다.

"그건 나도 모릅니다. 하지만 그게 특별히 이상할 건 없죠. 다른 곳에도 그와 같이 정체 모를 섬 같은 인물들은 흔히 있으니까요."

그 뒤 내가 그 마을을 떠난 것은 부임한 날로부터 삼 년이 지났을 무렵이었다. 군에서 제대한 남편으로부터 지금의 직장에 취직이 되었다는 편지를 받고, 나는 곧 그와의 결혼식을 위해 학교에 사표를 냈다. 그런데 워낙이 머릿수를 맞춰둔 교원이라 내가 그날로 떠나버리면 그동안 맡아오던 학급은 후임자가 올 때까지 수업을 중단해야 할 형편이었다. 그 바람에 나는 사흘이나 더 기다려 후임자와 맞교대를 하고서야 학교를 벗어날 수 있었다.

내가 그 마을을 떠나던 날이었다. 마침 대학 후배였던 내 후임자는 버스 정류소까지 나를 전송하러 나왔다. 그런데 정류소 앞 가겟집 툇마루에 언제 왔는지 깨철이가 웅크리고 앉아 처음 나를 보았을 때와 똑같은 눈으로 내 후임인 여선생을 살피고 있었다.

나는 그걸 보고 그녀에게 깨철이에 대한 이야기를 해줄까 하다가 그만두었다. 그는 혈연이나 인척으로 속속들이 기명화記名化된 그 마을에 유일하게 떠도는 익명匿名의 섬이었다. 만약 그녀에게도 대부분의 그 마을 아낙네들처럼 혹은 이 년 전 어느 날의 나처럼, 분출하지 않고는 견디지 못할 만큼 폐쇄되고 억제된 성性이 있다면, 역시 그 익명의 섬은 필요할지도 모를 일이었다.

그리하여 나는 내 후임자에게 충고하는 대신 밉살맞을 만큼 끈끈하게 그녀를 살피는 깨철이를 약간 쌀쌀맞은 눈길로 쏘아주었다. 그도 그런 내 눈길을 맞받았다. 그때 착각이었을까, 나는 문득 그의 눈길에서 희미한 웃음 같은 것을 보았다. 그러나 그것도 한순간이었다. 그는 이내 고개를 돌려 비탈 아래 펼쳐진 논밭과 마을을 내려보았다. 그 땅 어느 모퉁이에도 그의 것은 흙 한 줌 없고, 그 집들 어디에도 주인의 허락 없이는 그가 누울 방 한 칸 없는데도, 마치 그 모든 걸 소유한 장자長者처럼, 또는 제왕처럼. (《세계의 문학》82. 봄)

빈영출賓永出

이병주

1921년 경남 하동 출생.
일본 메이지 대학[明治大學] 문예과 졸업.
1965년 《세대》에 〈알렉산드리아〉를 발표하며 등단.
1975년 한국문학작가상 수상.
1977년 《낙엽》으로 한국문학상 수상.
1978년 《망명의 늪》으로 한국창작문학상 수상.
1984년 《비창》으로 한국펜클럽문학상 수상.

빈영출賓永出

빈영출賓永出의 부고를 받았을 때 성유정成裕正은 처음
'아아, 이 사람도…….'
하는 감회를 가졌을 뿐이다.

그러나 그 부고를 다시 읽어보게 된 것은 고색이 창연한 형식에 고향
의 먼지 내음 같은 것을 맡았기 때문이다.

빈석규대인 영출공賓石圭大人 永出公…… 인숙환별세 자이고부因宿患別
世 玆以告訃.

그 문면을 읽고 있는 동안 성유정은 일종 기묘하다고도 할 수 있는
빈영출과의 교의交誼를 회상하며

'이 사람이야말로 고향이 낳은 특출한 사람이 아닐까?'
하는 생각을 하게도 되었다.

성유정의 고향은 지리산이 남쪽으로 뻗은 지맥支脈 가운데 이루어진

조그마한 분지, 하북면河北面이라고 불리는 곳이다. 인구는 칠팔천. 한 마디로 말해 특색이란 전연 없는, 그저 평범하기만 한 산촌山村이다.

비가 오기라도 하면 황토물을 이루어 범람하기도 하지만 여느 때엔 간신히 물줄기가 자갈밭을 누비고 있는 보잘것없는 시내, 높은 산이랬자 표고標高 삼사백 미터가 고작인 야산, 들은 넓은 곳이래야 폭이 오륙백 미터가 될까 말까. 이조 시대를 말하면 기껏 진사進士 벼슬이나 참봉參奉 벼슬이 수삼 명 있었을 정도. 해방 후 이 고장 출신 최고의 벼슬이 경위였다던가, 경감이었다던가.

이런 곳을 두곤 "산하山河는 의구依舊한데 인걸人傑은 간 곳 없다"는 등의 시상詩想이 나타날 까닭도 없다. 그래서 그런지 이 나라에 그처럼 흔한 시인詩人 한 사람 이 고장에선 나지 않았다. 그런 까닭으로 성유정이 추억 또는 회상에 따른 정감을 섞어 고향을 그려보려고 해도 지긋지긋하게 평범하고 쓸쓸한 풍경화로 될 뿐이다.

말하자면 이런 고향이었고 보니, 빈영출을 특출한 인물로 칠 수 있지 않을까 하다는 뜻이다.

빈영출과 성유정의 기묘한 우정은 보통학교 시절에 비롯되었다. 그들은 한 반이었다. 나이는 빈영출이 성유정보다 여덟 살 위였다.

같은 반 학생 열네 명이었는데 학업 성적은 성유정이 언제나 1등이고 빈영출은 2등이었다. 4학년에 오를 무렵이었던가 끝날 때였던가, 빈영출이 성유정을 회유하려고 했던 일이 있었다.

"넌 쬐그만한께 2등 해도 안 되나. 그런깨 이 다음부턴 1등 내게 달라. 그라몬 엿 한 아름 사줄께."

"우짜몬 되는기고."

하고 성유정이 빈영출에게 1등을 줄 수 있는 방법을 물었다.

"그건 아주 쉽다. 시험 볼 때 말이다. 세 문제가 나오면 두 문제만 하고 한 문제는 안 하는 기라. 다섯 문제가 나오면 세 문제만 하고 두 문제는 남기고. 알았재?"

그때 성유정이 약속을 했는지 안 했는진 기억에 없다. 그러나 그런 얘기가 있은 후 시작된 시험 때 성유정은 빈영출이 시키는 대로 했다. 엿을 얻어먹고 싶어서 그랬던 것은 아니다. 한 학과를 그런 식으로 했더니 왠지 쾌감이 있기도 해서 전 학과의 시험을 그런 식으로 치렀다. 물론 그보다 강한 동기란 것도 있었다. 빈영출과 같은 동네에 사는 아이들이 다음과 같은 소릴 하는 것을 들은 것이다.

"영출인 장가를 든 어른인디 맨날 쪼맨한 유정이헌테 1등을 빼앗긴다고 즈그 색시로부터 괄시를 받는다더라, 얘."

성유정은 어린 마음으로서도 색시로부터 괄시받는 신랑의 처지를 이해했다. 그래서 결심을 한 것인데 일은 순조롭게 되질 못했다. 성유정의 반을 맡은 교사는 일인 교장日人校長이었다. 어느 날 방과 후 성유정을 교원실로 불렀다.

교장은 종이에 산술 문제, 이과 문제理科問題, 일어 문제日語問題 등 열몇 개를 써놓고 성유정더러 답안을 쓰라고 했다. 유정은 교장의 저의를 모르고 그 문제 골고루에 정답을 썼다. 그랬더니 교장은 책상을 탕 치고 일어서며 유정을 무섭게 노려보곤, 전일 치른 시험지를 내놓고 유정이 포기한 부분을 가리키며

"이것 어떻게 된 거냐?"

하고 물었다.

유정이 대답할 수가 없었다.

"무슨 이유가 있을 것 아닌가. 쓸 수 있는 답안을 고의로 쓰지 않는다는 덴 무언가가 있을 것이 확실하다. 선생에게 대한 반항이 아니면, 무

슨 옳지 못한 것을 생각하고 있는 증거이다. 바른 대로 말하라."
하고 교장은 흥분했다.

유정이 바른 대로 말할 수밖에 없다고 호흡을 고르고 있는데 교장의 입에서 엄청난 말이 나왔다.

"너희들끼리 짠 것이 아니냐. 너희들끼리 짜고 이런 장난을 했다면 이건 실로 중대 문제이다. 학교의 가르침에 반기를 들어 학교의 질서를 고의로 문란케 하려는 음모다. 바른 대로 말해봤!"

정확하게 이대로는 아니었을지 모르지만 대강 이런 내용의 것이었는데 유정은 겁에 질렸다. 학교에 대한 반기, 질서 문란 등의 말과 유정의 숙부가 관련지어져 상기되었기 때문이다. 유정의 숙부는 3·1운동을 비롯, 독립운동에 가담하여 형여刑餘의 처지에 있었다. 하북면에선 유일한 독립운동자로서 알려져 있는 터라 교장이 그것을 모를 리 없었던 것이다.

유정은 빈영출과의 거래를 말했다간 큰일이 날 것 같아 겁을 먹었다. 자기만이 아니라 빈영출까지 당하게 될 것이 두려웠다. 그래서 생각해 낸 꾀가

"오줌이 마려워서 참을 수 없어 답안지를 얼른 내버린 겁니다."
하는 대답으로 대었다.

"한 번도 아니고 두 번, 세 번, 네 번이나 그랬단 말인가."

"그날은 어찌된 영문인지 자꾸 그랬습니다."

교장은 한참 동안 무엇을 생각하고 있더니 부드러운 말투로 바꿨다.

"몸이 허약하면 그럴 수가 있다. 헌데 지금도 그런가?"

"지금은 조금 나았습니다."

"밤에 자리에서 오줌을 누는, 그런 일은 없었나?"

"예, 가끔 있었습니다."

이것은 거짓말이었다. 유정이 그렇게 말해 두는 게 유리하다는 짐작으로 묻는 대로 긍정을 한 것이다.

"그렇다면 병원에 가봐야 한다. 나이가 열 살이나 되는 놈이 잠자리에서 오줌을 싼다고 해서야 되느냐. 아버지 어머니와 의논해서 빨리 고치도록 해라. 오늘 일은 내가 오해한 것 같다. 시험을 전부 맞은 것으로 해두겠다."

이렇게 교장으로부터 놓여난 것은 반가웠지만 빈영출한테 미안하다는 생각이 들었는데 교문 바깥에 빈영출이 기다리고 있었다.

"내 교원실 창 밑에서 다 들었다."

하며 빈영출이 성유정의 손을 잡고

"미안하다, 미안하다."

하고 눈물을 글썽했다.

2학기도 성유정이 1등이고 빈영출은 2등이었다. 그래도 빈영출은 조그마한 나무 상자 가득 차게 엿을 고은 것을 담아 유정에게 주었다.

그때부터 유정과 빈영출 사이에 특별한 우정이 맺어졌다. 나이가 여덟 살이나 위인데도, 이래라 저래라 하고 함부로 말하게도 되었다. 어느 해의 추석엔가는 예쁘게 만든 주머니를 주기에 성유정이,

"느그 각시가 만든 것가."

하고 물었다.

"누가 만들었건 안 좋나."

빈영출은 수줍은 듯 웃었다.

빈영출이 하북면 경찰 주재소 앞에 행정 대서소를 차린 것은 성유정이 중학교 3학년에 진급했을 무렵이다.

여름방학 때 그 대서소에 놀러 갔더니 빈영출이 반기며 생과자가 꽉

차게 담긴 종이 상자를 내놓고 먹으라고 했다.

"이런 건 진주나 하동에 가야 살 수 있는 긴디 어디서 났노?"

하고 성유정이 물었다.

"네 줄라꼬 진주서 사다놓은 것 아니가?"

빈영출은 이렇게 말했지만 그 수수께끼는 곧 풀렸다.

주재소, 그땐 경찰지서를 주재소라고 했는데, 주재소의 일본인 순사부장 마누라가 선사한 것이었다. 그러나 그것이 별로 대단한 일이 아니라서 곧 잊게 되었는데, 뒤에 알고 보니 그때 벌써 빈영출은 엄청난 일을 저지르고 있었던 것이다.

성유정은 하북면 유일한 대학생이 되는 것이지만 방학 때 돌아오면 꼭 빈영출을 찾았다. 그 무렵 성유정은 어업 조합장이란 별명을 얻고 있었다. 여름방학에 돌아오기만 하면 대대적인 천렵川獵을 했기 때문이다.

일견 보잘것없는 시내이긴 했지만 농약의 부작용이 그다지 심하지 않았으므로 상당한 어족魚族들이 있었다. 붕어·피리·준치·모래무지·장어·게·메기 등 푸짐한 어획고漁獲高를 올릴 수 있었는데, 천렵의 규모도 따라서 컸다. 천렵의 방식은 빙옥정이란 하류에서 상촌이란 상류까지 약 1킬로를 반두 또는 투망질을 하며 거슬러 오르는 방식이다. 중간 지점에 솥을 걸어놓고 물을 끓이고, 호박·오이·풋고추·고추장·된장·초·깨소금·기름 등과 막걸리를 두세 말 준비해 둔다. 천렵대가 그 지점에까지 와선, 그때까지 잡은 물고기로 회도 치고 찌개를 만들기도 해선, 그 인근에서 논을 매고 있는 사람들을 죄다 청해 놓고 잔치를 벌인다.

그것이 어느덧 관례가 되어 여름마다의 축제가 되었다. 그래서 성유정이 돌아오기 전에 누군가가 고기를 잡으면

"어업 조합장의 허가도 없이 왜 저럴까."

하고 농담 반 진담 반으로 핀잔을 주기도 했다. 그런 분위기가 성유정에게 어업 조합장이란 별명을 붙이게 된 것이다.

성유정이 천렵을 할 무렵이면 빈영출이 대서소 문을 닫아버리고 준비에 열중을 했다. 때문에 그에겐 어업조합 총무란 별명이 붙었다. 그래서 빈 총무, 빈 총무 하는 통칭이 생겨났다. 성유정이 학도병으로 가게 되자 천렵도 자연 없게 되었는데 빈 총무란 이름만 남았다. 주재소 순사들까지 그를 빈 총무라고 불렀다는 얘기다.

학도병으로 갔던 성유정이 돌아온 것은 해방 이듬해의 봄이다. 그저 무사 귀국을 축하해서 인근 마을의 친구들이 유정의 사랑에 모여든 적이 있었다.

그때 빈영출은 나타나지 않았는데 화제의 주인공은 빈영출이었다. 그 무렵 친일파 문제가 시끄러웠기 때문에, 하북면에선 면장과 경찰관을 제외한다면 친일파의 우두머리가 될 것이 확실한 것이라서 은근히 걱정이 되어 성유정이 그의 소식을 물은 것이 계기가 된 것이다.

"빈 총무는 까딱없어."

하고 한 사람이 말하자

"빈 총무의 친일親日은 친일이라도 조금 색다른 친일이었은깨."

하고 한 사람이 받았다.

"아닌게아니라 하북면 사람은 빈영출의 좆덕을 톡톡히 본 셈이지."

누군가의 이 말에 폭소가 터졌다.

"어떻게 된 건데?"

성유정이 물었다.

'좆덕' 운운한 친구가 이런 소릴 했다.

"하북면에 부임한 일본인 순사 부장의 마누라치고 빈영출의 그것 맛 안 본 년은 하나도 없은깨."

너무나 해괴한 얘기라서 성유정이

"농담이겠지."

하고 웃었다.

"농담 아냐."

좌중이 모두 입을 모았다.

주재소가 있는 마을 친구의 얘기는 이랬다.

"나도 처음엔 순사 부장 여편네를 모조리 해먹었다는 건 지나친 얘길 거라고 생각했지. 그런데 그게 아닌기라. 아오끼란 늙은 부장이 있지 않았나. 그잔 여기서 정년 퇴직하고 돌아갔지 왜. 그자의 마누라는 쉰 살 훨씬 넘겨 거의 예순 살쯤 되었을 기라. 그런데 알고 보니 빈영출은 그 할망구까지 해묵은 기라. 아오끼 집의 식모살이를 하던 여자의 말이니까 틀림이 없어. 도이土井란 놈의 여편네는 아이를 셋이나 낳은, 돼지처럼 생긴 여잔데, 남편이 비상 소집으로 본서에 갔다 하면 아이들을 팽개쳐놓고 밤중에 영출의 대서소 방으로 기어 오는 거라."

"그게 언제부터 시작한 버릇이지?"

하고 성유정은 빈영출의 대서소에서 먹은 생과자를 상기했다.

"대서소를 차릴 때부터라."

하는 소리가 있었다.

"아냐. 그때의 부장은 카미야神谷란 놈인데 그 여편네를 해먹고 나서 그 덕으로 대서소를 채린 거라."

하고 하나가 정정했다.

"아닌게아니라 빈 총무는 나긴 난 놈이라. 대서소 십오 년에 일 년 반 꼴로 부장이 갈렸은깨 왜년 열 명은 해먹은 셈 아니가. 아무튼 간이 큰 놈이라."

"그런데도 친일파로 걸리지 않았으니 다행이군."

해방 직후 친일파라고 해서 전, 전 면장이 맞아 죽은 일이 있다고까지 들었기에 성유정이 이렇게 물었다.

"영출의 숨은 공로가 밝혀진 거지. 우리 하북면에선 해방 전 십오 년 동안 한 사람도 경찰서에 붙들려 간 사람이 없어. 강제로 징용에 끌려간 사람도 없고, 기피자로서 추궁받은 사람도 없고, 알고 보니 직접 간접으로 영출의 덕이었어."

하는 대답에 이어

"자네 숙부님이 무사했던 것도 영출의 덕일지 모르지."

하는 말도 있었고,

"우리 면에서 정신대로 끌려간 여잔 하나도 없은깨."

하는 말도 있었다.

하여간 빈영출은 친일파로서 규탄받기는커녕 애국자로서 높은 평가를 받아야 한다는 결론이었다.

"카사노바, 한국판 카사노바로구나."

하고 성유정이 크게 웃었다.

"카사노바가 뭣고?"

하는 질문이 있었다.

유정이 대강 설명했다. 그랬더니 질문한 자가 말했다.

"들은깨 카사노바는 과부나 미천한 여자를 상대했구나. 그런데 빈영출이 상대한 여자들은 모두 겁나는 존재들의 마누라가 아닌가. 카사노바와 우리 빈영출을 동시에 논할 순 없어."

성유정이 빈영출로부터 직접 그 염담艶談을 들은 것은 얼마 후의 일이다.

"자네의 엽색 얘기를 들었네만 동양 예의지국의 군자로선 상상도 못할 그런 짓을 어떻게 감히 할 수 있었는지 이실직고하게."

했으나 영출은 빙글빙글 웃으며 좀처럼 얘기하려고 하지 않았다.

유정이 심하게 졸랐다.

"자네 얘기하지 않으면 친구로서 취급하지 않겠다."

라고까지 극언했다.

그래서 겨우 그는 입을 열었는데 성유정이 들은 빈영출의 제1화는 다음과 같은 것이었다.

빈영출이 하릴없이 주재소 앞 잡화상 마루에서 주인과 장기를 두고 있는데 그때의 주재소 수석 카미야 부장의 아내가 빈영출을 불렀다. 참외를 사고 싶은데 통역을 해달라는 부탁이었다.

빈영출은 바지게에 참외를 가득 지고 있는 사람을 데리고 부장 여편네를 따라 사택으로 갔다. 카미야 부인은 참외를 이것저것 골라 마룻바닥에 놓고 흥정을 시작했는데 돌연 그녀의 태도가 이상해졌다는 것을 빈영출이 느꼈다. 하고 있는 말이 건성이고 눈빛이 야릇하게 변해 있었다. 빈영출이 여자의 눈이 가고 있는 방향을 살폈다. 그랬더니 거기에 참외팔이 농부의 부랄과 물건이 있었다. 팬츠도 없이 삼베 핫바지를 입고 석양을 뒤로 하고 서 있는 바람에 농부의 그것이 완연히 투사되었던 것이다. 카미야 부인은 그것을 보고 색정色情을 느낀 것이 확실하다고 빈영출이 짐작했다. 동시에 그는 카미야 부장의 생기 없는 검은 얼굴과 콧잔등에 솟은 땀방울을 상기하고, 이 여자가 성적性的으로 기갈증이 들어 있는 것이라고 판단했다.

빈영출이 정신을 차리지 못하는 카미야 부인에게 일본말로

"그런 걸 보고 넋을 잃어서야 되오. 나도 그만한 것을 가지고 있으니

참외나 빨리 사고 이 사람을 돌려보내도록 하라."
하고 일렀다.

제정신을 차린 카미야 부인은 상기된 얼굴로 값을 묻곤 얼른 돈을 치렀다. 농부가 떠나길 기다려 카미야 부인은 열띤 눈으로 빈영출을 쳐다봤다. 빈영출이 용기를 내어

"오늘 밤 열두 시쯤에 냉수욕을 하는 척하고 시내 징검다리 있는 곳으로 나오시오."
하고 나와버렸다.

그날 밤 빈영출은 징검다리 옆 풀밭으로 카미야 부인을 데리고 가서 서로 정을 통했다.

─이젠 죽어도 한이 없다.
는 것이 카미야 부인의 말이었다고 한다.

카미야 부인은 그 후 기회가 있을 때마다 빈영출을 청했다. 어떻게 하면 자주 만날 수 있을까 하는 말이 있었기에 빈영출은 대서소 허가를 얻어달라고 했다. 그래서 빈영출이 대서소를 차리게 된 것이었다.

제2화는 다음과 같다.

카미야 부인과 그런 관계가 된 지 반년 만에 카미야 부장은 이웃 면으로 전근했다. 전근한 후에도 부인은 가끔 빈영출을 찾아왔다. 부인이 빈영출을 찾아오는 목적을 간파한 것은 카미야 후임으로 온 카와무라 부장의 아내였다.

카미야 부장의 부인이 돌아가고 난 어느 날의 오후, 대서소에 사람이 없는 것을 확인하고 카와무라 부인이 빈영출을 찾아왔다. 마루에 걸터 앉으며 다짜고짜 하는 말이,

"빈상, 당신이 하고 있는 짓이 무슨 짓인지 알고 있겠죠?"

"나는 행정 대서소를 하고 있다는 것을 알고 있습니다."

"그 말이 아닙니다. 카미야 부인과 당신과의 사이에 있는 일 말입니다."

"나를 찾아왔기에 만났을 뿐입니다."

"그런데 왜 대서소의 덧문을 대낮에 닫았습니까?"

"그건……."

"당신들이 하는 짓이 문제가 되면 결과가 어떻게 되죠?"

"……."

"그러나 걱정하지 말아요."

"……."

"오늘 밤 우리 주인은 본서로 가요. 날 위해서도 덧문을 닫아줄 마음이 있어요?"

"있고말고요."

이렇게 해서 카와무라 부인과도 정을 통하게 되었는데, 카미야 부인의 경우는 남편의 허약 체질에서 비롯된 성적 불만이었는데 카와무라 부인의 경우는 일종의 호색광好色狂이었다고 했다.

제3화, 제4화는 생략할밖에 없다.

요컨대 버릇이 되고 나니 부임해 오는 부장의 여편네를 유혹하지 않고는 배겨내지 못하는 기분으로 되었다는 것이고, 일단 유혹을 시작하고 보면 목적을 달성하지 않곤 우선 위험을 느껴서라도 안절부절못했다고 했다.

"그래 전부를 유혹했단 말인가?"

"그렇게 되었어."

"헌데 그게 쉬운 일은 아니지 않던가?"

"그중엔 어려운 여자도 있었지. 그러나 열 번 찍어 안 넘어지는 나무가 없다고 했는데 열 번 찍을 필요도 없었어. 세 번이 고작이야. 아무리 어려운 여자라도 세 번쯤 찍으니 넘어가더만."

"일본 여자의 정조 관념이 약하다는 얘기도 되는 건가?"

"정조 관념?"

하고 빈영출이 웃었다. 그런데 그 웃음이 묘해서 유정이 따졌다.

"왜 그렇게 웃는가."

"한국 여자도 별수 없어. 자랄 때의 도덕적 관습에 따라 약간의 변화는 있을지 몰라도 여자는 마찬가지다. 일본 여자나 한국 여자나."

"그렇다면 한국 여자를 상대로 그런 수작을 했단 말인가?"

"버릇이야, 버릇. 버릇이 돼놓으면 도리가 없어."

"그래서 한국 여자도 일본 여자와 마찬가지란 걸 알았단 말인가?"

"그렇지. 문제는 기회다. 기회가 있기만 하면 여자는 마찬가지다."

"그런 얘긴 말게. 자네의 본능적 후각이 그런 여자만을 노렸기 때문에 그런 결과가 된 거야. 그렇지 않은 여자도 얼마든지 있어."

유정이 이처럼 강하게 말해 보는 것이었지만 빈영출은 수긍하는 것 같지 않았다.

그 후 지방자치제의 실시로 빈영출이 민선 면장民選面長이 되었다. 일제 때 그로부터 비호를 받은 사람들이 앞장서서 맹렬한 선거 운동을 했기 때문이다.

"빈영출은 ×힘으로 선거 운동을 한다."

는 말이 나돌기도 했지만 그의 당선은 압도적이었다.

그 무렵 성유정은 진주에 있는 대학에 출강하고 있었다. 가끔 빈영출이 진주에 나와 술자리를 벌이기도 했으나 깊은 접촉은 없었다.

면장 노릇을 한 이 년 했을까 말까 할 때였다. 빈영출이 어느 날 밤 성유정을 찾아왔다. 사연인즉 면의원들이 빈영출을 불신임하기 위해 의회를 소집했는데 그 일자가 내일이란 것이다.

"왜 자네를 불신임하겠다는 건가?"

"그거야 내가 하나부터 열까지 잘했다곤 할 수 없은깨, 더러 잘못이 있었겠지."

"글쎄 뭘 잘못했단 말인가?"

"그런 것 들먹일 필요도 없어. 내일 첫차로 자네가 나가주어야겠네."

"내가 나가서 뭣하나."

"면의원들을 타일러 불신임 결의를 안 하도록 해달라는 얘기가 아닌가."

"면의원들이 내 말을 들을까?"

"자네 말이면 듣는다."

"내 말을 듣는다고 해도 사정을 알아야 타이를 것 아닌가."

"사정이고 뭐고 있나. 덮어놓고 말려야 하는 거다. 자네 수단껏 말이다."

"그래도 대강의 사정은 알아야지."

"그런 것 알 필요 없어. 무조건 빈영출을 불신임하지 말라, 하면 되는 거다."

어이가 없었지만 성유정은

"일단 가긴 가보겠다."

하고 했다. 그러나 빈영출이 사정 설명을 하지 않으려는 것으로 미루어 불신임 결의를 받을 만한 이유가 있다는 것은 틀림없을 것 같았다. 그 것도 보통이 아닌 만만찮은 이유가 말이다.

의회는 오후 한 시에 시작될 것이란 말이라서 서둘지 않으면 안 되었다. 이튿날 아침 여덟 시 버스를 탔다. 하북 면사무소 소재지에 도착한 것은 아홉 시였다. 찻간에서도 말이 있었다.

"그런 일이 있으면 미리 와서 의논을 안 하고 지금 와서 야단이니 자신이 없다."

"어제까지 놈들을 내 힘으로 타일러볼라꼬 안 했나. 헌데 놈들이 말을 들어야지."

"만일 투표를 하면 결과가 어떻게 되겠나?"

"만장일치다."

"어떤 만장일치."

"불신임하는 데 만장일치란 말이다."

"나쁜 짓 되게 했구나."

"그런 말 하지 말라큰께."

"자아식. 자기 한 나쁜 짓은 선반 위에 얹어놓고 불신임하지 말라는 게 될 법이나 한가."

"그런깨 널 데리고 가는 게 아닌가."

"잘못하면 나까지 망신당하겠는걸."

"이러나 저러나 돌성 가진 놈 서럽더라. 일가가 없고 보니 고독한 기라."

빈영출의 말이 수연했다.

빈씨賓氏라는 성은 원래가 희성稀姓이다. 하북면에서 빈씨는 영출의 집 한 가구뿐이다.

성유정이 언젠가 빈씨란 성을 칭찬한 적이 있었다.

"자네 성은 좋다. 손님 빈 자 아닌가. 이 지구에 손님으로서 와 산다, 그런 뜻으로 되는 거거든."

하고.

그때 빈영출이

"유정이 자넨 역시 머리가 좋아. 우리 빈씨를 알아주니 말이다."

하고 싱글싱글 했었다.

그 당시를 회상하고 성유정이 말했다.

"느그 성이 좋다고 으스댄 것은 언제고, 돌성이라고 푸념하는 건 또 언제고."

"급한 일을 당하고 보니 하는 소리 아닌가."

"헌데 자네 면장으로 당선된 것을 자네의 그것 덕으로 된 줄 아나?"

"그런 소린 또 왜 하노."

"내가 생각하기로 자네가 희성이었기 때문이다. 대성大姓들이 대립해서 싸우는 바람에 덕을 본 것 아닌가. 그러니 희성이기 때문에 얻어 걸친 면장, 희성이기 때문에 떨어졌다고 해도 억울한 것은 없을 거다."

버스가 하북면에 도착하기 전에 빈영출은 울상이 되어 성유정에게 말했다.

"내가 오늘 불신임되면 나는 망한다. 면 재산을 축낸 게 얼만가 있는데, 면장질 계속하면 무리하지 않고 갚아나갈 수가 있지만 지금 목이 떨어지면 당장 변상해야 하니 나는 망하는 기라. 날 좀 살려주게."

그 말이 너무나 절박했다.

성유정이 최선을 다해 보겠다고 마음속으로 다짐했다.

버스 정류소 앞의 술도가 주인이 성유정과 빈영출이 같이 버스에서 내리는 것을 보곤

"어허 조합장과 총무가 함께 오시는구려. 날씨가 아직 쌀쌀한깨 천렵을 하자는 건 아닐기고."

하고 쑥 내민 배를 문질렀다.

빈정대는 투가 아니라곤 할 수 없었다. 술도가 주인과 빈영출은 원래

사이가 나쁜 터였다.

주막에 들러 막걸리를 곁들여 식사를 하고 있을 때 지서 주임이 나타났다.

"면의원들을 지서장이 좀 달래보지 왜 내버려두었소."

성유정이 이렇게 말하자 지서 주임이

"빈 면장은 일제 이래로 우리 지서의 적 아닙니까."

하고 웃었다.

일본인 순사 부장 마누라를 해먹었다는 사실을 곁들인 농담이었다.

지서 주임의 말에 의하면 빈 면장이 면의원들의 반감을 너무나 많이 사왔기 때문에 이제 와서의 유화책宥和策은 불가능할 것이라고 했다. 그리고 덧붙이길,

"행동 통일을 철저히 하기 위해서 아랫마을 송 의원 사랑에 면의원들이 목하 농성 중입니다."

식사를 끝내고 성유정이 아랫마을 송 의원 집을 찾았다.

"오늘 아침 차로 오셨다면서요."

하고 모두들 성유정을 반겨주었는데 면의회 의장議長이 보이질 않아서 성유정이 물었다.

"김 의장 어딜 갔습니까?"

김 의장은 성유정의 집을 외가로 하고 조카뻘이 되는 사람이다.

"김 의장은 성 선생이 왔다는 소릴 듣고 피신했습니다."

하고 김한태 의원이 웃었다.

성유정이

"조그마한 면에 살면서 이 꼴이 뭡니까?"

하고 얘기를 꺼내자 유정의 사촌 동생이 나섰다.

"형님, 뭣하러 나왔습니까. 빈 면장은 골탕을 먹어야 합니다. 면장으

로서 하는 짓이 도대체 돼먹지 않았어요. 형님, 이 일에 대해선 입을 달지 마이소."

그러자 사방에서 중구난방으로 빈영출에 대한 비난이 쏟아져 나왔다. 그런 사람을 위해 무엇 때문에 진주서 왔느냐는 것이 그들의 결론이었다.

성유정은 그들의 말이 끝나길 기다려 잘못을 시정하는 방법엔 갖가지가 있는데, 왜 하필이면 극한적인 수단을 써야만 하는가 하고 설득작전을 시작했다.

"좁은 바닥에 서로 원수를 사는 것은 옳지 못한 일 아닌가. 그런 도량으로 아이들 교육은 어떻게 시킬 건가. 우리들이 지녀야 할 최고의 덕은 관용이 아닌가."

그런데 모두들 입을 모아서 하는 말은 몇 번을 경고하고 타이르고 했는데도 도무지 말을 듣지 않으니 이번 기회에 버릇을 가르쳐놓아야 한다는 것이며, 아무리 관용이 덕이라고 해도 이 이상 더는 용서할 수 없다는 것이었다.

"용서할 수 없는 것을 용서한다는 것이 진짜 관용이오."
하고 성유정이 간원했다.

"그잔 못써요. 면장으로서의 비행도 비행이려니와 외입질이 심해서 탈이란 말이오. 장마당에 가게 채려놓은 여자치고 그놈과 붙지 않은 년은 한 년도 없을 기요. 어떻게 그런 자를 면장으로 모실 수 있겠나, 이 말이오. 그래가지고 자식들 교육이 되겠습니꺼? 그런 짓을 해도 면장이 될 수 있다고 아이들이 생각하면 우떻게 될 긴가, 이 말이오"

송 의원의 흥분한 말에 성유정은 잠시 입을 다물 수밖에 없었다.
그때였다.
가장 나이가 많은 이상태 의원이 헛기침을 하고 말을 이었다.

"성 군하곤 조합장 총무 하는 사이라서 마지못해 성 군은 나온 길꺼다. 오죽했으면 여기까지 나왔겠나. 우리 성 군의 성의를 봐서 이번 한번만 눈감아 주자. 빈 면장의 소위는 괘씸하지만 성 군의 체면도 있는 긴께. 여게까지 모처럼 왔는데 아무 보람도 없이 진주로 돌아가게 되면 그 마음이 오죽이나 섭섭하겠나. 성 군이 구해 줬다고 하면 앞으로 성 군 말을 잘 안 듣겠나. 가서 김 의장 찾아오라고, 오늘의 회의는 유회로 해버리도록 의논하자."

만좌는 아연한 표정으로 이상태 의원을 쳐다봤다. 어이가 없어 말이 안 나온다는 그런 표정이었다.

이상태 의원이 다시 계속했다.

"빈영출은 밉지만 그렇다고 성유정 군을 미워할 수 있나. 오늘은 조합장 체면을 살려 빈 총무를 용서해 주자."

빈 총무란 말이 분위기를 누그려뜨렸다.

빈 총무는 빈영출이 면민들의 사랑을 받았을 때의 애칭愛稱인 것이다.

모여 있는 면의원들 대부분은 여름방학 성유정의 귀성을 기다려 신나게 천렵에 참가한 소년 시절의 추억을 가지고 있었다.

"이상태 의원이 하시자는 대로 합시다."
하고 누군가가 말했다.

"제기랄, 우리 의회는 이래서 탈이다. 그렇게 모두 마음이 약해 갖고선 어디 면민의 대변자라고 할 수 있겠나."

김한태는 이렇게 투덜댔지만 그 말엔 이미 독기가 빠져 있었다.

어느덧 어업 조합장과 조합원의 모임처럼 되어버렸다.

"날씨가 조금만 따뜻했더라면 오늘 천렵이라도 하는 건디."
하는 사람이 있었고,

"농약 때문에 고기 잡아봐도 못 먹어."

하는 사람도 있었고,

"먹지 못해도 잡는 재미란 게 안 있는가배."

하는 사람도 있었다.

성유정은 살큼 눈시울이 뜨거워지는 것을 느꼈다. 선량하기 짝이 없는 사람들, 아득히 소년 시절을 되돌아보는 마음으로 되었다.

성유정이 고맙다는 말과 함께

"아닌게아니라 빈 총무란 놈 죽일 놈이군. 이렇게 착하고 순한 여러분들로 하여금 불신임 결의까지 하게 할 마음을 먹게 했으니."

하고 다소 울먹거리는 투가 되었다.

이때 김 의장이 어디에선가 나타나 앉으며

"아재 때문에 면의장 노릇도 못해 먹겠구만."

하고 투덜거렸다.

그가 투덜거리건 말건 문제는 고개를 넘었다. 다시 천렵하던 시절이 화제에 올랐다.

면장이 화해하는 자리를 겸해 면의원들을 점심 식사에 초대했다. 장소는 장마당 한구석에 있는 '아랫뱅이'란 여자가 경영하는 음식점이었다.

막걸리 사발이 오가며 제법 신나는 술자리였다. 면의원들은 불신임 결의를 안 하는 대신 빈 면장을 향해 욕설을 퍼붓기도 했지만, 불신임 결의를 안 하겠다고 한 까닭에 면장은 사뭇 기쁜 모양으로

"욕해서 감정이 풀린다면 실컷 욕하이소."

하고 너털웃음을 웃기도 했다.

사고는 밥그릇이 들어온 직후에 발생했다.

면의원 열한 명, 거기다 면장, 성유정의 몫을 끼어 열세 그릇의 밥그

룻이 들어왔는데 그 가운데 단 하나 뚜껑을 씌운 것이 있었다.

성유정이

"아차."

싶은 예감을 가졌다.

'혹시 저 밥그릇이 내 몫이 아닌가. 모처럼 진주에서 왔다고 특별 대우하는 뜻의…… 그렇다면 그건 곤란한데…… 남 보기가 어색할 건데.'

이런 생각을 유정이 하고 있는데 심부름하는 아이가 밥그릇의 배정을 자기 의도대로 하지 않는다 싶었던지 안주인이 선뜻 방 안으로 들어오더니 뚜껑 있는 밥그릇을 들어 면장 앞에 갖다 놓았다.

'저것 안 좋은데.'

하고 유정이 면의원들의 표정을 살폈다. 모두의 얼굴에 아니꼽다는 감정이 새겨져 있었다.

그러나 그런 대로 식사는 시작되었는데 빈 면장이 숟갈을 밥그릇에 꽂아 넣은 다음 순간, 날계란의 노른자가 밥 표면에 떠올랐다.

아차 싶었다.

면의원들은 각기 자기 숟갈로 밥을 뒤집었다. 날계란이 담긴 밥그릇은 면장 밥그릇뿐이었다.

"기분 나빠 이런 점심 못 먹겠다."

하며 김한태 의원이 숟가락을 집어 던지고 휑 나가버렸다. 그러자 한 사람 두 사람 숟갈을 놓고 나갔다. 의장도 나갔다. 남은 사람은 빈영출과 이상태 의원과 성유정 셋이었다.

말문이 막혀 서로들의 얼굴을 바라보고 있는데 바깥에서 소리가 있었다.

"이상태 의원님, 빨리 의사당으로 오십시오. 면의회 개최한답니다."

이상태 의원이 말없이 나가버렸다.

빈영출의 얼굴에 핏기가 가셨다.

성유정이 일어설 기력을 잃었다.

이미 소집되어 있는 면의회가 공고대로 열린 것이다.

성유정이 시계를 보았다. 공교롭게도 그때가 오후 한 시였다.

세 시 버스를 타고 성유정이 진주로 들어오는데 그 버스엔 의장인 김군과 유정의 사촌 성순정이 타고 있었다. 그들은 유정을 위로할 겸, 이제 막 면장을 불신임한 결의를 해치운 현장에 남아 있기가 쑥스러운 기분에서 진주행 버스를 탄 모양이었지만 묵묵한 성유정에게 말을 걸어오지 못했다.

그 일로 해서 빈영출은 형무소 신세는 간신히 면했지만 파산하고 말았다.

그 후의 세월을 어떻게 빈영출이 살았는지 고향을 떠난 성유정이 알까닭이 없었는데 이십 수년이 지난 오늘 그의 부고를 받은 것이다.(《현대문학》82. 2)

'이상문학상'의 취지와 선정 방법
—알기 쉽게 풀이한 이상문학상 제도

1. 취지와 목적 : 1. 취지와 목적 : 〈문학사상〉(이하 주관사라고 한다)이 1972년에 제정한 '이상문학상(李箱文學賞)' (이하 '본상'이라고 한다)은 요절한 천재 작가 이상(李箱)이 남긴 문학적 유산과 업적을 기리며, 매년 가장 탁월한 소설 작품을 발표한 작가들을 표창하고, 《이상문학상 작품집》(이하 '작품집'이라고 한다)을 발행하여 널리 보급함으로써, 한국문학의 발전에 기여할 것을 목적으로 한다.

2. 수상 대상 작품 : 전년도 〈본상〉 심사 대상(對象) 작품의 마감 이후인 발행일자를 기준으로 하여, 당해년도 1월부터 12월 말 사이에 발표된 작품을 모두 심사와 수상의 대상에 포함한다. 문예지(월간지의 경우 당해년도 1월 초부터 12월 말일 이전 일자에 발행된 것으로 하고 계간지도 포함한다)를 중심으로 해서, 각종 정기간행물 등에 발표된 작품성이 뛰어난 중 · 단편소설을 망라하여 본심에 회부한다. 예비심사 과정에서는 심사 대상에 오른 작품이 대상 또는 우수작상으로 선정될 경우, 본상의 규정에 따른 수락 의사 유무를 직접 또는 간접적으로 확인한다. 중 · 단편소설을 시상 대상으로 하는 까닭은, 문학의 중심이 장편소설에서 점차 중 · 단편소설로 이행하는 추세를 감안하고, 작품 구성과 표현에 있어서의 치밀성과 농축성으로, 짙고 강렬한 소설 미학의 향기와 감동을 자아내게 한다고 믿기 때문이다.

3. 상의 종류 : 본상은 가장 뛰어난 작품에 대한 대상(大賞) 1명과, 10명 이내의 대상(大賞)에 버금하는 작품에 대한 우수상을 선정하여 시상한다.

4. 예심 방법 : 예심은 월간 〈문학사상〉 편집진이 매 연도에 각 매체에 발표된 작품을 선별하여, 주관사의 편집위원과 편집주간 및 편집임원으로 구성된 이상문학상 운영위원회에서, 저명한 대학교수 · 문학평론가 · 작가 · 각 문예지 편집장 · 일간지 문학담당 기

자 등 약 200명에게 추천을 의뢰하여 비밀리에 예비심사를 진행한다. 3회 이상 우수상을 받은 작가는 추천을 거치지 않고도 당해년도에 발표된 작품 중 뛰어난 작품을 선정하여 본심에 회부할 수 있다.

이와 같은 독특한 예심 방법은 소수의 예심 및 본심의 심사위원이, 짧은 시일 내에 수많은 작품 속에서 본심에 회부할 작품을 선정하고 본심 심사위원이 단시간에 여러 작품을 심사하고 수상 작품을 선정하는 일반적인 문학상 심사제도의 단점을 보완하고, 되도록 문학 발전에 관심이 깊고, 전문 지식을 지닌 다수의 전문가에 의해 장기간에 걸쳐 많은 작품을 수시로 검토하여 심사 대상에 망라함으로써, 신중하고 세심한 예심 과정을 밟기 위한 것이다.

5. 본심 방법 : 예심을 거쳐 본심에 회부된 작품은, 권위 있는 탁월한 평론가와 작가로 구성된 5인 이상 7인 이내의 심사위원회에 넘겨져, 수일간 개별적인 검토를 거친 후 본심위원 회의에서 최종 결정을 한다. 본심 회의는 대체토론을 통해 본심에 회부된 작품 가운데 10편 내외의 작품을 먼저 선정한다. 이 작품 속에서 1편의 대상(大賞) 작품을 선정하고, 나머지 작품 중에서 우수상 작품을 선정한다. 수상 작품 결정에 있어 심사위원의 의견이 일치하지 않을 경우에는, 3인의 연기명 비밀 투표로써 다수결 원칙에 따라 최종 결정을 한다.

6. 저작권 : 대상(大賞) 수상 작품(이하 '대상 작품'이라고 한다)의 저작권은 본상의 규정에 따라 주관사가 갖는다. 단, 주관사의 작품집 발행 후 3년이 경과한 이후부터, 동 대상 작품을 대상을 받은 작가의 작품집에 한해서 수록할 수 있다. 다만, 어떤 경우에도 본 작품집의 표제(대상 작품명)와 중복되거나, 혼동의 우려가 없도록 하기 위하여 대상 수상작가가 발행하는 작품집의 서명(書名, 표제작)으로는 쓰지 않기로 한다.

7. 이상문학상 작품집 발행 : 이 작품집은 본상의 공정성과 권위를 광범위한 독자에게 널리 알리고, 수록된 작품과 그 작가들에 대한 표창과 영예의 뜻을 담고 있다.

8. 이상문학상 운영위원회 : 주관사의 발행인을 위원장으로 하고 월간 〈문학사상〉의 편집주간 및 이사회가 선임한 위원으로 구성되며, 본상의 운영에 관한 모든 업무를 관장한다.

9. 이상문학상 심사위원회 : 이상문학상 운영위원회는 매 연도마다 5~7인의 본상 심사위원을 위촉하여 심사위원회를 구성한다. 동 심사위원회는 본상의 대상(大賞)과 우수상을 수여할 작품을 심의 결정한다.

영원불멸한 한국 문학의 역사
이상문학상 작품집 소개

❖ 제40회 천국의 문/김경욱

〈우수상 수상작〉 빈집/김이설, 앵두의 시간/김탁환, 이웃의 선한 사람/윤이형, 등불/정찬, 누구도 가본 적
없는/황정은

❖ 제39회 뿌리 이야기/김숨

〈우수상 수상작〉 소풍/전성태, 기도에 가까운/조경란, 흙의 멜로디/이평재, 휴가/윤성희, 배회/손홍규, 일
곱 명의 동명이인들과 각자의 순간들/한유주, 크리스마스캐럴/이장욱

❖ 제38회 몬순/편혜영

〈우수상 수상작〉 법法 앞에서/김숨, 기억을 잃은 자들의 도시/손홍규, 파충류의 밥/천명관, 빛의
호위/조해진, 프레디의 사생아/윤고은, 기린이 아닌 모든 것에 대한 이야기/이장욱, 쿤의 여행/
윤이형, 나선의 방향/안보윤

❖ 제37회 침묵의 미래/김애란

〈우수상 수상작〉 기억의 고고학/함정임, 당신이 모르는 이야기/이평재, 엄마도 아시다시피/천운영,
밤의 마침/편혜영, 배우가 된 노인/손홍규, 절반 이상의 하루오/이장욱, 습濕/염승숙, 흥몽/김이설

❖ 제36회 옥수수와 나/김영하

〈우수상 수상작〉 저녁식사가 끝난 뒤/함정임, 스프레이/김경욱, 오후, 가로지르다/하성란, 국수/
김숨, 유리/조해진, 미루의 초상화/최제훈, 그 순간 너와 나는/조현

❖ 제35회 맨발로 글목을 돌다/공지영

〈우수상 수상작〉 목욕가는 날/정지아, 빅브라더/김경욱, 국화를 안고/전성태, 아무도 돌아오지 않는 밤/김
숨, 뒤에/김태용, 猫氏生/황정은

❖ 제34회 아침의 문/박민규

〈우수상 수상작〉 무종/배수아, 이야기를 돌려드리다/전성태, 매일매일 초승달/윤성희, 3개의 식탁, 3개의

담배/김중혁, 통조림공장/편혜영, 투명인간/손홍규, 그곳에 밤 여기의 노래/김애란

⁜ 제33회 산책하는 이들의 다섯 가지 즐거움/김연수

〈우수상 수상작〉 그리고, 축제/이혜경, 봄날 오후, 과부셋/정지아, 보리밭에 부는 바람/공선옥, 두 번째 왈츠/전성태, 신천옹/조용호, 鼹鼠/박민규, 완전한 항해/윤이형

⁜ 제32회 사랑을 믿다/권여선

〈우수상 수상작〉 목신의 어떤 오후/정영문, 그 여름의 수사修辭/하성란, 서열정하기 국민투표─율려, 낙서공화국 1/김종광, 어쩌면/윤성희, 내가 데려다줄게/천운영, 정류장/박형서, 낮잠/박민규

⁜ 제31회 천사는 여기 머문다/전경린

〈우수상 수상작〉 빗속에서/공선옥, 아버지와 아들/한창훈, 내겐 휴가가 필요해/김연수, 약콩이 끓는 동안/권여선, 소년 J의 말끔한 허벅지/천운영, 첫 번째 기념일/편혜영, 침이 고인다/김애란

⁜ 제30회 밤이여, 나뉘어라/정미경

〈우수상 수상작〉 긴 하루/구광본, 자두/함정임, 위험한 독서/김경욱, 아이스크림/김영하, 야상록夜想錄/전경린, 무릎/윤성희

⁜ 제29회 몽고반점/한강

〈우수상 수상작〉 도시의 불빛/이혜경, 내 여자친구의 귀여운 연애/윤영수, 표정 관리 주식회사/이만교, 나비를 위한 알리바이/김경욱, 세 번째 유방/천운영, 갑을고시원 체류기/박민규

⁜ 제28회 화장/김훈

〈우수상 수상작〉 밤이 지나다/구효서, 존재의 숲/전성태, 진흙 파이를 굽는 시간/김승희, 칵테일 슈가/고은주, 그림자 아이/하성란, 발칸의 장미를 내게 주었네/정미경, 고마워, 과연 너구리야/박민규

〈특별상 수상작〉 늙으신 어머니의 향기 / 문순태

제27회 바다와 나비/김인숙

〈우수상 수상작〉 내 얼굴에 어린 꽃/복거일, 고양이의 사생활/김경욱, 노란 연등 드높이 내걸고/김연수, 부인내실의 철학/전경린, 너의 의미/김영하, 자전소설/하성란, 그 남자의 책 198쪽/윤성희, 호텔 유로, 1203/정미경

〈특별상 수상작〉 플라나리아/전상국

제26회 뱀장어 스튜/권지예

〈우수상 수상작〉 첫사랑/김연수, 밤의 고속도로/김인숙, 이인소극(二人笑劇)/윤영수, 죽은 사람의 의복/정영문, 마리의 집/조경란, 눈보라콘/천운영, 여인/한창훈

〈기수상작가 우수작〉 유령의 집/최인호

제25회 부석사/신경숙

〈우수상 수상작〉 사운드 오브 사일런스/구효서, 그림자들/윤성희, 나는 아주 오래 살 것이다/이승우, 고문하는 고문당하는 자/정영문, 비파나무 그늘 아래/조용호, 모든 나무는 얘기를 한다/최인석, 세상의 끝으로 간 사람/한창훈

〈기수상작가 우수작〉 그 섬에 가기 싫다/조성기

제24회 시인의 별/이인화

〈우수상 수상작〉 포구에서 온 편지/박덕규, 징계위원회/배수아, 물 속의 집/원재길, 아비의 잠/이순원, 나의 자줏빛 소파/조경란, 돗 낚는 어부/한창훈

〈기수상작가 우수작〉 매미의 일생/최수철, 풍경소리/최일남

제23회 내 마음의 옥탑방/박상우

〈우수상 수상작〉 물 위에서/김인숙, 은둔하는 북(北)의 사람/배수아, 삼촌의 좌절과 영광/원재길, 1978년 겨울, 슬픈 직녀/이순원, 손가락/이윤기, 당신의 백미러/하성란

〈기수상작가 우수작〉 우리말 역순사건/최일남, 검은댕기두루미/한승원

❖ 제22회 아내의 상자/은희경
　　〈우수상 수상작〉 존재는 눈물을 흘린다 / 공지영, 거울에 관한 이야기 / 김인숙, 말무리반도 / 박상
　　우, 색칠하는 여자 / 엄창석, 노래하는 여자 노래하지 않는 여자 / 이혜경, 환(幻)과 멸(滅) / 전경린
　　〈기수상작가 우수작〉 매미 / 최수철

❖ 제21회 사랑의 예감/김지원
　　〈우수상 수상작〉 연못 / 권현숙, 울프강의 세월 / 김소진, 식성 / 김이태, 바다에서 / 김인숙, 어린
　　도둑과 40마리의 염소 / 성석제, 그늘바람꽃 / 이혜경

❖ 제20회 천지간/윤대녕
　　〈우수상 수상작〉 궤도를 이탈한 별 / 김이태, 담배 피우는 여자 / 김형경, 첫사랑 / 성석제, 빈처 /
　　은희경, 말을 찾아서 / 이순원, 나비, 봄을 만나다 / 차현숙
　　〈기수상작가 우수작〉 전쟁들 : 그늘 속 여인의 목 선 / 최윤, 우리 나라 입 / 최일남

❖ 제19회 하얀 배/윤후명
　　〈우수상 수상작〉 추운 봄날 / 김향숙, 제부도 / 서하진, 내 인생의 마지막 4.5초 / 성석제, 피아노와
　　백합의 사막 / 윤대녕, 나비넥타이 / 이윤기, 나비의 꿈, 1995 / 차현숙, 노래에 관하여 / 최인석
　　〈기수상작가 우수작〉 홍길동을 찾아서 / 이문열

❖ 제18회 하나코는 없다/최 윤
　　〈우수상 수상작〉 우리 생애의 꽃 / 공선옥, 꿈 / 공지영, 온천 가는 길에 / 김문수, 그리고 아무 말
　　도 하지 않았다 / 김영현, 빈집 / 신경숙, 소는 여관으로 들어온다 가끔 / 윤대녕, 미궁에 대한 추
　　측 / 이승우

❖ 제17회 얼음의 도가니/최수철
　　〈우수상 수상작〉 구렁이 신랑과 그의 신부 / 김지원, 청량리역 / 송하춘, 모여 있는 불빛 / 신경숙,
　　해는 어떻게 뜨는가 / 이승우, 완전한 영혼 / 정 찬, 수선화를 꺾다 / 하창수, 맑고 때때로 흐림 /
　　한수산
　　〈기수상작가 우수작〉 새터말 사람들 2 / 한승원

제6회 이상문학상 작품집

1판 1쇄 | 1982년 11월 5일
1판 48쇄 | 2001년 12월 16일
2판 1쇄 | 2004년 12월 10일
2판 6쇄 | 2016년 12월 22일

지은이 | 최인호 외
펴낸이 | 임지현
펴낸곳 | (주)문학사상
주소 | 서울특별시 송파구 중대로 38길 17 (05720)
등록 | 1973년 3월 21일 제1-137호

전화 | 02)3401-8540
팩스 | 02)3401-8741
홈페이지 | www.munsa.co.kr
이메일 | munsa@munsa.co.kr

ISBN 978-89-7012-656-2 03810

* 잘못 만들어진 책은 구입하신 서점에서 바꾸어 드립니다.
* 책값은 표지 뒷면에 표시되어 있습니다.